缘缘堂书系

丰子恺插图本

缘缘堂·车厢社会

丰子恺 著

图书在版编目(CIP)数据

缘缘堂·车厢社会/丰子恺著.—北京:人民文学出版社,2022
(缘缘堂书系·丰子恺插图本)
ISBN 978-7-02-016836-1

Ⅰ.①缘… Ⅱ.①丰… Ⅲ.①散文集—中国—现代 Ⅳ.①I266

中国版本图书馆 CIP 数据核字(2021)第 241224 号

责任编辑 温 淳 陈 悦
装帧设计 刘 远
责任校对 刘晓强
责任印制 宋佳月

出版发行 人民文学出版社
社 址 北京市朝内大街 166 号
邮政编码 100705

印 刷 北京盛通印刷股份有限公司
经 销 全国新华书店等

字 数 101 千字
开 本 787 毫米×1092 毫米 1/32
印 张 8.75 插页 1
印 数 1—6000
版 次 2022 年 4 月北京第 1 版
印 次 2022 年 4 月第 1 次印刷

书 号 978-7-02-016836-1
定 价 48.00 元

版本说明

1926年，弘一法师云游经过上海，来到丰子恺家中探望。丰子恺请弘一法师为自己的住所取名，弘一法师让丰子恺在小方纸上写了许多他所喜欢而可以互相搭配的文字，团成许多小纸球，撒在释迦牟尼画像前的供桌上，拿两次阄，拆开来都是“缘”字，遂名寓所为“缘缘堂”。缘缘堂并没有厅堂，是一个象征性的名称，以后丰子恺每迁居哪里，横披便挂在哪里，一直到1933年在故乡石门湾造成像样的宅院，给缘缘堂赋予真的形。

因为有弘一法师为丰子恺的寓所缘缘堂命名，所以丰先生称缘缘堂为“灵的存在”，而那些冠以缘缘堂的随笔，由此也充满睿智与灵气，这正应了郁达夫对于缘缘堂随笔的评价:“人家只晓得他的漫画入神,殊不知他的散文,清幽玄妙,灵达处反远出在他的画笔之上。”

本次出版的“缘缘堂书系·丰子恺插图本”包含《缘缘堂随笔》《缘缘堂再笔》《缘缘堂续笔》《缘缘堂新笔》《缘缘堂·车厢社会》《缘缘堂·随笔二十篇》六本散文集,每篇散文皆为丰子恺在缘缘堂时期创作。

丰子恺的缘缘堂系列作品在历年的出版过程中多次被拆分组合,形成各样版本的文集。本书系的文集皆采用初版本的篇目,且配上大量丰子恺在缘缘堂时期创作的漫画,还给读者一份原汁原味的“缘缘堂”。

目　录

车厢社会

我第一次乘火车，是在十六七岁时，即距今二十余年前。虽然火车在其前早已通行，但吾乡离车站有三十里之遥，平时我但闻其名，却没有机会去看火车或乘火车。十六七岁时，我毕业于本乡小学，到杭州去投考中等学校，方才第一次看到又乘到火车。以前听人说："火车厉害得很，走在铁路上的人，一不小心，身体就被碾做两段。"又听人说："火车快得邪气[①]，坐在车中，望见窗外的电线木如同栅栏一样。"我听了这些话而想象火车，以为这大概是炮弹流星似的凶猛唐突的东西，觉得可怕。但后来看到了，乘到了，原

① 快得邪气，上海一带方言，意即快得很，非常快。

来不过尔尔。天下事往往如此。

自从这一回乘了火车之后，二十余年中，我对火车不断地发生关系。至少每年乘三四次，有时每月乘三四次，至多每日乘三四次（不过这是从江湾到上海的小火车）。一直到现在，乘火车的次数已经不可胜计了。每乘一次火车，总有种种感想。倘得每次下车后就把乘车时的感想记录出来，记到现在恐怕不止数百万言，可以出一大部乘火车全集了。然而我哪有工夫和能力来记录这种感想呢？只是回想过去乘火车时的心境，觉得可分三个时期。现在记录出来，半为自娱，半为世间有乘火车的经验的读者谈谈，不知他们在火车中是否作如是想的?

第一个时期，是初乘火车的时期。那时候乘火车这件事在我觉得非常新奇而有趣。自己的身体被装在一个大木箱中，而用机械拖了这大木箱狂奔，这种经验是我向来所没有的，怎不教我感到新奇而有趣呢?那时我买了车票，热烈地盼望车子快到。上了车，总要拣个靠窗的好位置坐。因此可以眺望窗外旋转不息的远景，瞬息万变的近景，和大大小小的车站。一年四季住在看惯了的屋中，一旦看到这广大而变化无穷的世间，觉得兴味无穷。我巴不得乘火车的时间延长，常常嫌它到得太快，下车时觉得可惜。我欢喜乘长途火车，可以长久享乐。最好是乘慢车，在车中的时间最长，而且各站都停，可以让我尽情观赏。我看见同车的旅客个个同我一样地愉快，仿佛个个是无目的地在那里享受乘火车的新生活的。我看见各车站都美丽，仿佛个个是桃源仙境的入口。其中汗流满背地扛行李的人，喘息狂奔的赶火车的人，急急忙忙地背着箱笼下车的人，拿着红绿旗子指挥开车的人，在我看来仿佛都干着有兴味的游戏，或者在那里演剧。世间真是一大欢乐场，乘火车真是一件愉快不过的乐事！可惜这时期很短促，不久乐事就变为苦事。

第二个时期，是老乘火车的时期。一切都看厌了，乘火车在我就变成了一桩讨厌的事。以前买了车票热烈地盼望车子快到。现在也盼望车子快到，但不是热烈地而是焦灼地。意思是要它快些来载我赴目的地。

以前上车总要拣个靠窗的好位置，现在不拘，但求有得坐。以前在车中不绝地观赏窗内窗外的人物景色，现在都不要看了，一上车就拿出一册书来，不顾环境的动静，只管埋头在书中，直到目的地的达到。为的是老乘火车，一切都已见惯，觉得这些千篇一律的状态没有什么看头，不如利用这冗长无聊的时间来用些功。但并非欢喜用功，而是无可奈何似的用功。每当看书疲倦起来，就埋怨火车行得太慢，看了许多书才走得两站！这时候似觉一切乘车的人都同我一样，大家焦灼地坐在车厢中等候到达。看到凭在车窗上指点谈笑的小孩子，我鄙视他们，觉得这班初出茅庐的人少见多怪，其浅薄可笑。有时窗外有飞机驶过，同车的人大家立起来观望，我也不屑从众，回头一看立刻埋头在书中。总之，那时我在形式上乘火车，而在精神上仿佛遗世独立，依旧笼闭在自己的书斋中。那时候我觉得世间一切枯燥无味，无可享乐，只有沉闷、疲倦，和苦痛，正同乘火车一样。这时期相当地延长，直到我深入中年时候而截止。

第三个时期，可说是惯乘火车的时期。乘得太多了，讨嫌不得许多，还是逆来顺受罢。心境一变，以前看厌了的东西也会重新有起意义来，仿佛“温故而知新”似的。最初乘火车是乐事，后来变成苦事，最后又变成乐事，仿佛“返老还童”似的。最初乘火车欢喜看景物，后来埋头看书，最后又不看书而欢喜看景物了。不过这会的欢喜与最初的欢喜性状不同：前者所见都是可喜的，后者所见却大多数是可惊的，可笑的，可悲的。不过在可惊可笑可悲的发见上，感到一种比埋头看书更多的兴味而已。故前者的欢喜是真的“欢喜”，若译英语可用 happy 或 merry。后者却只是 like 或 fond of①，不是真心的欢乐。实际，这原是比较而来的；因为看书实在没有许多好书可以使我集中兴味而忘却乘火车的沉闷。而这车厢社会里的种种人间相倒是一部活的好书，会时时向我展出新颖的 page〔篇页〕来。惯乘火车的人，大概对我这话多少有些儿同感的吧！

① happy 和 merry 是指心情的愉快、欢乐，like 和 fond of 则是指喜爱。

不说车厢社会里的琐碎的事，但看各人的座位，已够使人惊叹了。同是买一张票的，有的人老实不客气地躺着，一人占有了五六个人的位置。看见找寻座位的人来了，把头向着里，故作鼾声，或者装作病人，或者举手指点那边，对他们说“前面很空，前面很空”。和平谦虚的乡下人大概会听信他的话，让他安睡，背着行李向他所指点的前面去另找“很空”的位置。有的人教行李分占了自己左右的两个位置，当作自己的卫队。若是方皮箱，又可当作自己的茶几。看见找座位的人来了，拼命埋头看报。对方倘不客气地向他提出：“对不起，先生，请你的箱子放在上面了，大家坐坐！”他会指着远处打官话拒绝他：“那边也好坐，你为什么一定要坐在这里？”说过管自看报了。和平谦让的乡下人大概不再请求，让他坐在行李的护卫中看报，抱着孩子向他指点的那边去另找“好坐”的地方了。有的人没有行李，把身子扭转来，教一个屁股和一支大腿占据了两个人的座位，而悠闲地凭在窗中吸烟。他把大乌龟壳似的一个背部向着他的右邻，而用一支横置的左大腿来拒远他的左邻[①]。这大腿上面的空间完全归他所有，可在其中从容地抽烟，看报。逢到找寻座位的人来了，把报纸堆在大腿上，把头钻出窗外，只作不闻不见。还有一种人，不取大腿的策略，而用一册书和一个帽子放在自己身旁的座位上。找座位的人倘来请他拿开，就回答他说“这里有人”。和平谦虚的乡下人大概会听信他，留这空位给他那“人”坐，扶着老人向别处去另找座位了。找不到座位时，他们就把行李放在门口，自己坐在行李上，或者抱了小孩，扶了老人站在WC[②]的门口。查票的来了，不干涉躺着的人，以及用大腿或帽子占座位的人，却埋怨坐在行李上的人和抱了小孩，扶了老人站在WC门口的人阻碍了走路，把他们骂脱几声。

我看到这种车厢社会里的状态，觉得可惊，又觉得可笑，可悲。可惊者，大家出同样的钱，购同样的票，

① 旧时火车车厢的座位是直排的，即两旁靠窗各一长排，中间背靠背两长排。

② WC，英语 Water Closet 的缩写，意即厕所。

明明是一律平等的乘客，为什么会演出这般不平等的状态？可笑者，那些强占座位的人，不惜装腔，撒谎，以图一己的苟安，而后来终得舍去他的好位置。可悲者，在这乘火车的期间中，苦了那些和平谦虚的乘客，他们始终只得坐在门口的行李上，或者抱了小孩，扶了老人站在 WC 的门口，还要被查票者骂脱几声。

在车厢社会里，但看座位这一点，已足使我惊叹了。何况其他种种的花样。总之，凡人间社会里所有的现状，在车厢社会中都有其缩图。故我们乘火车不必看书，但把车厢看作人间世的模型，足够消遣了。

回想自己乘火车的三时期的心境，也觉得可惊，可笑，又可悲。可惊者，从初乘火车经过老乘火车，而至于惯乘火车，时序的递变太快！可笑者，乘火车原来也是一件平常的事。幼时认为“电线同木栅栏一样”，车站同桃源一样，固然可笑，后来那样地厌恶它而埋头于书中，也一样地可笑。可悲者，我对于乘火车不复感到昔日的欢喜，而以观察车厢社会里的怪状为消遣，实在不是我所愿为之事。

于是我憧憬于过去在外国时所乘的火车。记得那车厢中很有秩序，全无现今所见的怪状。那时我们在车厢中不解众苦，只觉旅行之乐。但这原是过去已久的事，在现今的世间恐怕不会再见这种车厢社会了。前天同一位朋友从火车上下来，出车站后他对我说了几句新诗似的东西，我记忆着。现在抄在这里当做结尾：

人生好比乘车：
有的早上早下，
有的迟上迟下，
有的早上迟下，
有的迟上早下。
上了车纷争座位，
下了车各自回家。
在车厢中留心保管你的车票，
下车时把车票原物还他。

廿四〔1935〕廿三月廿六日

车箱之一隅

故乡

在古人的诗词中，可以看见“归”“乡”“家”“故乡”“故园”“作客”“羁旅”等字屡屡出现，因此可以推想古人对于故乡是何等地亲爱，渴望，而对于离乡作客是何等地嫌恶的。其例不胜枚举，普通的如：

举头望明月，低头思故乡。（李白）
白日放歌须纵酒，青春作伴好还乡。（杜甫）
共看明月应垂泪，一夜乡心五处同。（白居易）
故园东望路漫漫，双袖龙钟泪不干。（岑参）
不知何处吹芦管，一夜征人尽望乡。（李益）
等是有家归未得，杜鹃休向耳边啼。（张泌）
想得故园今夜月，几人相忆在江楼。（杜荀鹤）

故园此去千余里，春梦犹能夜夜归。（顾况）
万里悲秋常作客。（杜甫）
忽闻歌古调，归思欲沾襟。（杜审言）
老至居人下，春归在客先。（刘长卿）
羁旅长堪醉，相留畏晓钟。（戴叔伦）

随便拿本《唐诗三百首》来翻翻，已经翻出了一打的实例了。以前我曾经说过，古人的诗词集子，几乎没有一页中没有“花”字，“月”字，“酒”字。现在又觉得“乡”字之多也不亚于上三者。由此推想，古人所大欲的大概就是“花”“月”“酒”“乡”四事。一个人只要能一生涯坐在故乡的家里对花邀月饮酒，就得其所哉。

现代人就不同：即使也不乏欢喜对花邀月饮酒的人，但不一定要在故乡的家里。不但如此，他们在故乡的家里对花邀月饮酒反而不畅快，因为乡村大都破产了。他们必须离家到大都会里去，对人为的花，邀人造的月，饮舶来的洋酒，方才得其所哉。

所以花、月，和酒大概可以长为人类所爱慕之物；而乡之一字恐不久将为人所忘却。即使不被忘却，其意义也得变更：失却了“故乡”的意义，而仅存“乡村破产”的“乡”字的意义。

这变迁，原是由于社会状态不同而来。在古昔的是农业时代，一家可以累代同居在故乡的本家里生活。但到了现今的工商业时代，人都离去了破产的乡村而到大都会里去找生活，就无暇纪念他们的故乡。他们的子孙生在这个大都会里，长大后又转到别个大都会里去找生活，就在别个大都会里住家。在他们就只有生活的地方，而无所谓故乡。“到处为家”，在古代是少数的游方僧，侠客之类的事，在现代却变成了都会里的职工的行为，故前面所举的那种诗句，现在已渐渐失却其鉴赏的价值了。现在都会里的人举头望见明月，低头所思的或恐是亭子间里的小家庭。而青春作伴，现代人看来最好是离乡到都会去。至于因怀乡而垂泪，沾襟，双袖不干，或是春梦夜夜归乡，更是现代的都会之客所梦想不到的事了。艺术与生活的关系，于此可见一斑。农业时代的生活不可复现。然而大家离乡背井，拥挤到都会里去，又岂是合理的生活?

廿四〔1935〕年三月十日于石门湾

安处即为乡

作客者言[1]

有一位天性真率的青年，赴亲友家作客，归家的晚上，垂头丧气地跑进我的房间来，躺在藤床上，不动亦不语。看他的样子很疲劳，好像做了一天苦工而归来似的。我便和他问答：

“你今天去作客，喝醉了酒吗？”

“不，我不喝酒，一滴儿也不喝。”

“那么为什么这般颓丧？”

“因为受了主人的异常优礼的招待。”

我惊奇地笑道：“怪了！作客而受主人优待，应该舒服且高兴，怎的反而这般颓丧？倒好像被打翻了

① 本篇原载1934年9月16日《论语》第49期。

似的。”

他苦笑地答道:“我宁愿被打一顿，但愿以后不再受这种优待。”

我知道他正在等候我去打开他的话匣子来。便放下笔，推开桌上的稿纸，把坐着的椅子转个方向，正对着他。点起一支烟来，津津有味地探问他:

“你受了怎样异常优礼的招待？来！讲点给我听听看！”

他抬起头来看看我桌上的稿件，说:“你不是忙写稿吗？我的话说来长呢！”

我说:“不，我准备一黄昏听你谈话。并且设法慰劳你今天受优待的辛苦呢。”

他笑了，从藤床上坐起身来，向茶盘里端起一杯菊花茶来喝了一口，慢慢地、一五一十地把这一天赴亲友家作客而受异常优礼的招待的经过情形描摹给我听。

以下所记录的便是他的话。

我走进一个幽暗的厅堂，四周阒然无人。我故意把脚步走响些，又咳嗽几声，里面仍然没有人出来，外面的厢房里倒走进一个人来。这是一个工人，好像是管门的人。他两眼钉住我，问我有什么事。我说访问某先生。他说“片子！”我是没有名片的，回答他说：“我没有带名片，我姓某名某，某先生是知道我的，烦你去通报吧。”他向我上下打量了一会，说一声“你等一等”，怀疑似的进去了。

我立着等了一会，望见主人缓步地从里面的廊下走出来。走到望得见我的时候，他的缓步忽然改为趋步，拱起双手，口中高呼“劳驾，劳驾！”一步紧一步地向我赶将过来，其势急不可当，我几乎被吓退了。因为我想，假如他口中所喊的不是“劳驾，劳驾”而换了“捉牢，捉牢”，这光景定是疑心我是窃了他家厅上的宣德香炉而赶出来捉我去送公安局。幸而他赶到我身边，并不捉牢我，只是连连地拱手，弯腰，几乎要拜倒在地。我也只得模仿他拱手，弯腰，弯到几乎拜倒在地，作为相当的答礼。

大家弯好了腰，主人袒开了左手，对着我说：“请坐，请坐！”他的袒开的左手所照着的，是一排八仙椅子。每两只椅子夹着一只茶几，好像城头上的一排女墙。我选择最外口的一只椅子坐了。一则贪图近便。二则他家厅上光线幽暗，除了这最外口的一只椅子看得清楚以外，里面的椅子都埋在黑暗中，看不清楚；我看见最外边的椅子颇有些灰尘，恐怕里面的椅子或有更多的灰尘与龌龊，将污损我的新制的淡青灰哔叽长衫的屁股部分，弄得好像被摩登破坏团射了镪水一般。三则我是从外面来的客人，像老鼠钻洞一般地闯进人家屋里深暗的内部去坐，似乎不配。四则最外面的椅子的外边，地上放着一只痰盂，丢香烟头时也是一种方便。我选定了这个好位置，便在主人的“请，请，请”声中捷足先登地坐下了。但是主人表示反对，一定要我“请上坐”。请上坐者，就是要我坐到里面的、或许有更多的灰尘与龌龊，而近旁没有痰盂的椅子上去。我把屁股深深地埋进我所选定的椅子里，表示不肯让位。他便用力拖我的臂，一定要夺我的位置。我终于被他赶走了，而我所选定的位置就被他自己占据了。

当此夺位置的时间，我们二人在厅上发出一片相骂似的声音，演出一种打架似的举动。我无暇察看我的新位置上有否灰尘或龌龊，且以客人的身份，也不好意思俯下头去仔细察看椅子的干净与否。我不顾一切地坐下了。然而坐下之后，很不舒服。我疑心椅子板上有什么东西，一动也不敢动。我想，这椅子至少同外面的椅子一样地颇有些灰尘，我是拿我的新制的淡青灰哔叽长衫来给他揩抹了两只椅子。想少沾些龌龊，我只得使个劲儿，将屁股摆稳在椅子板上，绝不转动摩擦。宁可费些气力，扭转腰来对主人谈话。

正在谈话的时候，我觉得屁股上冷冰冰起来。我脸上强装笑容 —— 因为这正是“应该”笑的时候 —— 心里却在叫苦。我想用手去摸摸看，但又逡巡不敢，恐怕再污了我的手。我作种种猜想，想象这是梁上挂下来的一只蜘蛛，被我坐扁，内脏都流出来了。又想象这是一朵鼻涕，一朵带血的痰。我浑身难过起来，不敢用手去摸。后来终于偷偷地伸手去摸了。指尖触着冷冰冰的湿湿的一团，偷偷摸出来一看，色彩很复杂。有白的，有黑的，有淡黄的，有蓝的，混在一起，好像五色的牙膏。我不辨这是何物，偷偷地丢在椅子旁边的地上了。但心里疑虑得很，料想我的新制的淡青灰哔叽长衫上一定染上一块五色了。但主人并不觉察我的心事，他正在滥用各种的笑声，把他近来的得意事件讲给我听。我记念着屁股底下的东西，心中想皱眉头，然而不好意思用颦蹙之颜来听他的得意事件，只得强颜作笑。我感到这种笑很费力，硬把嘴巴两旁的筋肉吊起来，久后非常酸痛。须得乘个空隙用手将脸上的筋肉用力揉一揉，然后再装笑脸听他讲。其实我没有仔细听他所讲的话，因为我听了很久，已能料知他的下文了。我只是顺口答应着，而把眼睛偷看环境中，凭空地研究我屁股底下的究竟是什么东西。我看见他家梁上筑着燕巢，燕子飞进飞出，遗弃一朵粪在地上，其颜色正同我屁股底下的东西相似。我才知道，我新制的淡青灰哔叽长衫上已经沾染一朵燕子粪了。

外面走进来一群穿长衫的人。他们是主人的亲友和邻居。主人因为我是远客，特地邀他们来陪我。大部分的人是我所未认识的，主人便立起身来为我介绍。他的左手臂伸直，好像一把刀。他用这把刀把新来的一群人一个一个地切开来，同时口中说着：

“这位是某某先生，这位是某某君……”等到他说完的时候，我已把各人的姓名统统忘却了。因为当他介绍时，我只管在那里看他那把刀的切法，不曾用心听着。我觉得很奇怪，为什么介绍客人姓名时不用食指来点，必用刀一般的手来切？又觉得很妙，为什么用食指来点似乎侮慢，而用刀一般的手来切似乎客气得多？这也许有造形美术上的根据：五指并伸的手，样子比单伸一根食指的手美丽、和平，而恭敬得多。这是合掌礼的一半。合掌是作个揖，这是作半个揖，当然客气得多。反之，单伸一根食指的手，是指示路径的牌子上或“小便在此”的牌子上所画的手。若用以指客人，就像把客人当作小便所，侮慢太甚了！我当时忙着这样的感想，又叹佩我们的主人的礼貌，竟把他所告诉我的客人的姓名统统忘记了。但觉姓都是百家姓所载的，名字中有好几个“生”字和“卿”字。

主人请许多客人围住一张八仙桌坐定了。这回我不自选座位，一任主人发落，结果被派定坐在左边，独占一面。桌上已放着四只盆子，内中两盆是糕饼，一盆是瓜子，一盆是樱桃。

仆人送到一盘茶，主人立起身来，把盘内的茶一一端送客人。客人受茶时，有的立起身来，伸手遮住茶杯，口中连称“得罪，得罪”。有的用中央三个指头在桌子边上敲击“答，答，答，答，”口中连称“叩头，叩头”。其意仿佛是用手代表自己的身体，把桌子当作地面，而伏在那里叩头。我是第一个受茶的客人，我点一点头，应了一声。与别人的礼貌森严比较之下，自觉太过傲慢了。我感觉自己的态度颇不适合于这个环境，局促不安起来。第二次主人给我添茶的时候，我便略略改变态度，也伸手挡住茶杯。我以为这举动可以表示两种意思，一种是“够了，够了”的意思，还有一种是用此手作半个揖道谢的意思，所以可取。但不幸技巧拙劣，把手遮住了主人的视线，在幽暗的厅堂里，两方大家不易看见杯中的茶。他只管把茶注下来，直到泛滥在桌子上，滴到我的新制的淡青灰哔叽长衫上，我方才觉察，动手拦阻。于是找抹桌布，揩拭衣服，弄得手忙脚乱。主人特别关念我的衣服，表示十分抱歉的样子，要亲自给我揩拭。我心中很懊恼，但脸上只得强装笑容，连说“不要紧，没有什么”；其实是“有什么”的！我的新制的淡青灰哔叽长衫上又染上了芭蕉扇大的一块茶渍！

主人以这事件为前车，以后添茶时逢到伸手遮住茶杯的客人，便用开诚布公似的语调说：“不要客气，大家老实来得好！”客人都会意，便改用指头敲击桌子：“答，答，答，答。”这办法的确较好，除了不妨碍视线的好处外，又是有声有色，郑重得多。况且手的样子活像一个小形的人：中指像头，食指和无名指像手，大指和小指像足，手掌像身躯，口称“叩头”而用中指“答，答，答，答”地敲击起来，俨然是“五体投地”而“捣蒜”一般叩头的模样。

主人分送香烟，座中吸烟的人，连主人共有五六人，我也在内。主人划一根自来火，先给我的香烟点火。自来火在我眼前烧得正猛，匆促之间我真想不出谦让的方法来，便应了一声，把香烟凑上去点着了。主人忙把已经烧了三分之一的自来火给坐在我右面的客人的香烟点火。这客人正在咬瓜子，便伸手推主人的臂，口里连叫“自来，自来”。“自来”者，并非“自来火”的略语，是表示谦让，请主人“自”己先“来”（就是点香烟）的意思。主人坚不肯“自来”，口中连喊“请，请，请”，定要隔着一张八仙桌，拿着已剩二分之一弱的火柴杆来给这客人点香烟。我坐在两人中间，眼看那根不知趣的火柴杆越烧越短，而两人的交涉尽不解决，心中替他们异常着急。主人又似乎不大懂得燃烧的物理，一味把火头向下，因此火柴杆烧得很快。幸而那客人不久就表示屈服，丢去正咬的瓜子，手忙脚乱地向茶杯旁边捡起他那枝香烟，站起来，弯下身子，就火上去吸。这时候主人手中的火柴杆只剩三分之一弱，火头离开他的指爪只有一粒瓜子的地位了。

出乎我意外的，是主人还要撮着这一粒火柴杆，去给第三个客人点香烟。第三个客人似乎也没有防到这一点，不曾预先取烟在手。他看见主人有“燃指之急”，特地不取香烟，摇手喊道：“我自来，我自来。”主人依然强硬，不肯让他自来。这第三个客人的香烟的点火，终于像救火一般惶急万状地成就了。他在匆忙之中带翻了一只茶杯，幸而杯中盛茶不多，不曾作再度的泛滥。我屏息静观，几乎发呆了，到这时候才抽一口气。主人把拿自来火的手指用力地搓了几搓，再划起一根自来火来，为第四个客人的香烟点火。在这事件中，我顾怜主人的手指烫痛，又同情于客人的举动的仓皇。觉得这种主客真难做：吸烟，原是一件悠闲畅适的事；但在这里变成救火一般惶急万状了。

这一天，我和别的几位客人在主人家里吃一餐饭，据我统计，席上一共闹了三回事：第一次闹事，是为了争座位。所争的是朝里的位置。这位置的确最好：别的三面都是两人坐一面的，朝里可以独坐一面；别的位置都很幽暗，朝里的位置最亮。且在我更有可取之点，我患着羞明的眼疾，不耐对着光源久坐，最喜欢背光而坐。我最初看中这好位置，曾经一度占据，但主人立刻将我一把拖开，拖到左边的里面的位置上，硬把我的身体装进在椅子里去。这位置最黑暗，又很狭窄，但我只得忍受。因为我知道这座位叫做“东北角”，是最大的客位；而今天我是远客，别的客人都是主人请来陪我的。主人把我驱逐到“东北”之后，又和别的客人大闹一场：坐下去，拖起来；装进去，逃出来；约莫闹了五分钟，方才坐定。“请，请，请”，大家“请酒”“用菜”。

第二次闹事，是为了灌酒。主人好像是开着义务酿造厂的，多多益善地劝客人饮酒。他有时用强迫的手段，有时用欺诈的手段。客人中有的把酒杯藏到桌子底下，有的拿了酒杯逃开去。结果有一人被他灌醉，伏在痰盂上呕吐了。主人一面照料他，一面劝别人再饮。好像已经“做脱”①了一人，希望再麻翻几个似的。我幸而以不喝酒著名，当时以茶代酒，没有卷入这风潮的旋涡中，没有被麻翻的恐慌。但久作壁上观，也觉得

① 做脱，江南一带方言，意即干掉。

厌倦了，便首先要求吃饭。后来别的客人也都吃饭了。

第三次闹事，便是为了吃饭问题。但这与现今世间到处闹着的吃饭问题性质完全相反。这是一方强迫对方吃饭，而对方不肯吃。起初两方各提出理由来互相辩论；后来是夺饭碗——一方硬要给他添饭，对方决不肯再添；或者一方硬要他吃一满碗，对方定要减少半碗。粒粒皆辛苦的珍珠一般的白米，在这社会里全然失却其价值，几乎变成狗子也不要吃的东西了。我没有吃酒，肚子饿着，照常吃两碗半饭。在这里可说是最肯负责吃饭的人，没有受主人责备。因此我对于他们的争执，依旧可作壁上观。我觉得这争执状态真是珍奇；尤其是在到处闹着没饭吃的中国社会里，映成强烈的对比。可惜这种状态的出现，只限于我们这主人的客厅上，又只限于这一餐的时间。若得因今天的提倡与励行而普遍于全人类，永远地流行，我们这主人定将在世界到处的城市被设立生祠，死后还要在世界到处的城市中被设立铜像呢。我又因此想起了以前在你这里看见过的日本人描写乌托邦的几幅漫画：在那漫画的世界里，金银和钞票是过多而没有人要的，到处被弃掷在垃圾桶里。清道夫满满地装了一车子钞票，推到海边去烧毁。半路里还有人开了后门，捧出一畚箕金镑来，硬要倒进他的垃圾车中去，却被清道夫拒绝了。马路边的水门汀上站着的乞丐，都提着一大筐子的钞票，在那里哀求苦告地分送给行人，行人个个远而避之。我看今天座上为拒绝吃饭而起争执的主人和客人们，足有列入那种漫画人物中的资格。请他们侨居到乌托邦去，再好没有了。

我负责地吃了两碗半白米饭，虽然没有受主人责备，但把胃吃坏，积滞了。因为我是席上第一个吃饭的人，主人命一仆人站在我身旁，伺候添饭。这仆人大概受过主人的训练，伺候异常忠实：当我吃到半碗饭的时候，他就开始鞠躬如也地立在我近旁，监督我的一举一动，注视我的饭碗，静候我的吃完。等到我吃剩三分之一的时候，他站立更近，督视更严，他的手跃跃欲试地想来夺我的饭碗。在这样的监督之下，我吃饭不得不快。吃到还剩两三口的时候，他的手早

黄狗失礼了

已搭在我的饭碗边上，我只得两三口并作一口地吞食了，让他把饭碗夺去。这样急急忙忙地装进了两碗半白米饭，我的胃就积滞，隐隐地作痛，连茶也喝不下去。但又说不出来。忍痛坐了一会，又勉强装了几次笑颜，才得告辞。我坐船回到家中，已是上灯时分，胃的积滞还没有消，吃不进夜饭。跑到药房里去买些苏打片来代夜饭吃了，便倒身在床上。直到黄昏，胃里稍觉松动些，就勉强起身，跑到你这里来抽一口气。但是我的身体、四肢还是很疲劳，连脸上的筋肉，也因为装了一天的笑，酸痛得很呢。我但愿以后不再受人这种优礼的招待！

他说罢，又躺在藤床上了。我把香烟和火柴送到他手里，对他说："好，待我把你所讲的一番话记录出来。倘能卖得稿费，去买许多饼干、牛奶、巧格力和枇杷来给你开慰劳会吧。"

廿三〔1934〕年五月旅中

画 友

——对一青年习画者的谈话

要学画，当然要入学校或从先生。好像你的画术全是学校或先生所授与的。但在实际上，我以为不尽然。和你一同学画的朋友，对于你的事业常尽着更切实体贴的辅导之责。先生只指示你学画之道，朋友则和你携着手去走。先生给你的是有形之教，朋友给你的是无形之教，所以你倘把有形的学费送给你的先生，应该把无形的学费送给你的画友。

试想你的习画生活中，画友给你的帮忙一定不少。你家里的人大都不能了解你所保藏的静物写生模型的好处，要讥笑你“年纪这样大了还弄玩具”。但和你一同习画的朋友一定不讥笑你。非但不讥笑你，又能赏识你的收藏，或者帮助你的收藏。譬如你的弟妹们，都欢喜收拾香烟里的画片。那些画中印着的是摩登美女，电影明星，《三国志》《水浒》里的人物。画法非常幼稚，你是不要看的。但你无法阻止你的弟妹们的收集，无法劝导他们舍弃这种画片而来欢喜你所欢喜的绘画。你只能对你的画友诉说这种画片的幼稚和弟妹们的美术教养的贫乏。只有你的画友来了，才会陪你到街上的纸马店里去，选购乡人们祀神用的财神马、蚕花马、灶君马等神像来当作木版画欣赏。品评它们的线条，赏鉴它们的图案。乡人们买这种神马，是有定时的。年头上财神马上市，春间蚕花五圣马上市，年脚边灶君马上市。在不上市的时间去买这种神马是特殊的，会一齐并买各种的神马，更是异端的。倘没有你的朋友同去选购，你一定被那纸马店里的人视为疯狂。有你的朋友同去，共相品评而选择，可以减少你这种行为的奇异性，给你不少的方便。中国旧时的木版画有不少是很可观的。只有你的朋友能帮助你向各处去探寻这种埋没着的木版画。所以你不可不把无形的学费致送你的朋友。

又如你到室外去觅画，假如独个人去，你将感到孤寂；假如跟了你的非画友同去，你将感到更多的不方便。他会引导你到豪奢的洋楼前，富丽的花园里，盛称这是可以画的景致。又会劝你到名胜古迹的地方，盛称这是值得作画的题材。然而，豪奢的洋楼大都只是豪奢，富丽的花园大都恶俗不堪，而名胜古迹的地方大都只堪回想而不足观赏。你不画，有负盛意，勉强画些，何苦？这时候你一定会热烈地想念起你的画友来。假使有他们同行，根本不会来到这种地方。那路旁的劳劳亭，那市梢的小茶店，那庙前的打铁场，那桥堍下的豆腐浆摊，以及一切无名的美景，早已引起你们的共感，邀得你们的共赏，而满足你们的画欲了。中国的一般人所意识的“画”，好像另有一种定义。说起画，似乎非梅兰竹菊不可，非山水台榭不可，非红袖翠带不可，非名园胜迹不可，非月夜不可，非雪景不可，非瀑布不可，非时装美女不可……前回我从莫干山回来，许多人问我描了多少画来。实际，我在莫干山住了三五天，一张画也没有画。我的速写簿天天躲在我的袋里，始终没有见过莫干山上的天日。为了那山上并没有什么可画，远不及山下的乡村市井间的画材的丰富。然而听到我这话的人都表示不信，他们总以为我恐防别人“揩”我的画“油”，所以秘而不宣，真是天晓得。除了天以外，只有我的画友晓得。

又如你要描人物画，请一个非画友的人坐着给你画一下，他便装出不自然的神气来，使得自己的姿态不能入画。他又会想到画的美丑同他的面子有关，于是来干涉你的画法。假如他看见你在描写别人，他便用他的好意，关照那个人说：“你不要动！他正要画你！”于是那个人立刻不自然起来，做作起来，也使得自己的姿态不能入画，而你的画便在他的好意之下宣告失败。假如你描写路上的一个女人，倘使这女人有些漂亮，你的非画友的同伴者便会浅薄地讥讽你，使你蒙不白之冤。要雪这种冤恨，只有去找你的画友。只有你的画友能解除了一切人物的现实的关系而同你在人物画中研究纯粹的线条，纯粹的形象，和纯粹的色彩。画并不全是装饰图案，画中的意义当然是重要

阿宝两只脚

的；但在技术的构成的期间（即制作的时间），却不容你顾到画中人物的现世的关系，务须当作纯粹的形状而对付。此中消息不足为外人道，只有你的画友们知道。绘画的人，拿了时代社会所养成的世间观，向世间去选择画材；再拿了脱离时代社会关系的绘画观，向画中去构造形象。这关键也只有画友们知道。画友们不但能对世间人物作共同的绘画观，自己也能身入画境，被画友观察描写，或竟被自己观察描写。要作良好的肖像画，被写的人一定要理解画道。但世间有许多人，莫说画道，连照相道都不理解，常在照相镜头前装出很滑稽的不入画的姿态来。

然而画友不一定是要弄丹青的。平生不曾描过一笔画的人中，尽有大画家存在；反之，天天描写的人中，颇不乏绘画的门外汉。你的选择画友不可不慎。无友不如己者，同时亦无友胜己者。因为胜己者往往要做你的先生，不肯和你携着手在画道上走。

廿三〔1934〕年双十

穷小孩的跷跷板

有一个人写一封匿名信给我，信壳上左面但写“寄自上海法租界”。信上说：“近来在《自由谈》上，几乎每天能见到你的插画。（中略）前数天偶然看见几个穷小孩在玩。他们的玩法，我意颇能作你的画稿的材料，而且很合你向来的作风。现在特地贡献给你，以备采纳。此祝康健。一个敬佩你的读者上。七，十一。”后面又附注：“小孩的玩法 —— 先把一条长凳放置地上。再拿一条长凳横跨在上面。这样二个小孩坐在上面一张长凳的两端，仿跷跷板的玩法，一高一低的玩着。”

这是一封“无目的”的无头信。推想这发信人是纯为画的感兴所迫而写这封信给我的。在扰扰攘攘的

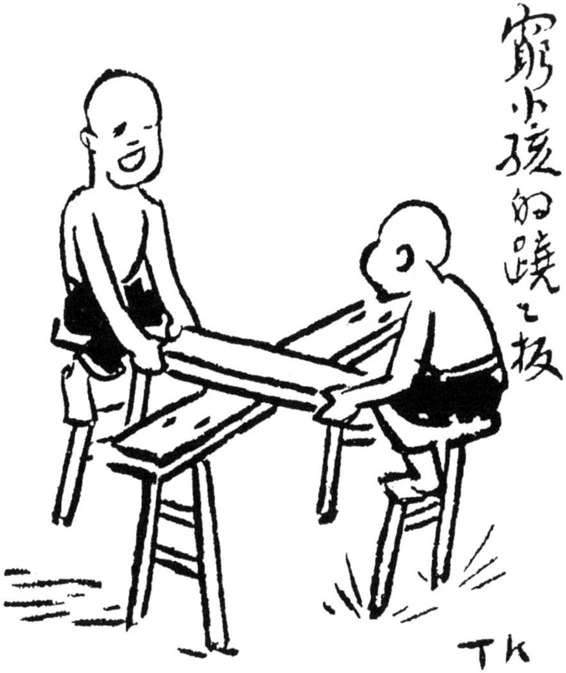

穷小孩的跷跷板

今世，这也可谓一件小小的异闻。

我闭了眼睛一看，觉得这匿名的通信者所发见的，确是我所爱取的画材。便乘兴背摹了一幅。这两个穷小孩凭了他们的小心的智巧，利用了这现成的材料，造成了这具体而微的运动具。在贫民窟的环境中，这可说是一种十分优异的游戏设备了。我想象这两个穷小孩各据板凳的一端而一高一低地交互上下的时候，脸上一定充满了欢笑。因为他们是无知的幼儿，不曾梦见世间各处运动场里专为儿童置办的种种优良的幸福的设备，对于这简陋的游戏已是十分满足了。这种游戏的简陋，和这两个小孩的穷苦，只有我们旁人感到，他们自己是不知道的。

因此我想到了世间的小孩苦。在这社会里，穷的大人固然苦，穷的小孩更苦！穷的大人苦了，自己能知道其苦，因而能设法免除其苦。穷的小孩苦了，自己还不知道，一味茫茫然地追求生的欢喜，这才是天下之至惨！

闻到隔壁人家饭香，攀住了自家的冷灶头而哭着向娘要白米饭吃。看见邻家的孩子吃火肉粽子，丢掉了自己手里的硬蚕豆而嚷着“也要”！老子落脱了饭碗头回家，孩子抱住了他带回来的铺盖而喊“爸爸买好东西来了”！老棉絮被头上了当铺，孩子抱住了床里新添的稻柴束当洋囡囡玩。讨饭婆背上的孩子捧着他娘的髻子当皮球玩；向着怒骂的不布施者嘤嘤地笑语。——我们看到了这种苦况而发生同情的时候，最感触目伤心的不是穷的大人的苦，而是穷的小孩的苦，大人的苦自己知道，同情者只要分担其半；小孩的苦则自己不知道，全部要归同情者担负。那攀住自己的冷灶头而向娘要白米饭吃的孩子，以为锅子里总应有饭，完全没有知道他老子种出来的米，还粮纳租早已用完，轮不着自己吃了。那丢掉了硬蚕豆而嚷着也要火肉粽子的孩子，只知道火肉粽子比硬蚕豆好吃，他有得吃，我也要吃，全不知道他娘做女工赚来的钱买米还不够。那抱住了老子的铺盖而喊“爸爸买好东西来了”的孩子，只知道爸爸回家总应该有好东西带来，全不知道社会已把他们全家的根一刀宰断，不久他将变成一张小枯叶了。那抱住了代棉被用的稻草柴当洋囡囡玩的孩子，只觉今晚眠床里变得花样特别新鲜，全不想到这变化的悲哀的原因和苦痛的结果。讨饭婆子背上的孩子也只是任天而动地玩耍嬉笑，全不知道他自己的生命托根在这社会所不容纳的乞丐身上，而正在受人摈斥。看到这种受苦而不知苦的穷的小孩，真是难以为情！这好比看见初离襁褓的孩子牵住了尸床上的母亲的寿衣而喊“要吃甜奶”，我们的同情之泪，为死者所流者少，而为生者所流者多。八指头陀咏小孩诗云：“骂之惟解笑，打亦不生嗔。”目前的穷人，多数好比在无辜地受骂挨打：大人们知道被骂被打的苦痛，还能呻吟，叫喊，挣扎，抵抗；小孩们却全不知道，只解嘻笑，绝不生嗔。这不是世间最凄惨的状态吗？

比较起上述的种种现状来，我们这匿名的通信者所发见的穷小孩的游戏，还算是幸福的。他们虽然没有福气入学校，但幸而不须跟娘去捡煤屑，不须跟爷去捉狗屎[1]，还有游戏的余暇。他们虽然不得享用运动场上为小孩们特制的跷跷板，但幸而还有这两只板凳，无条件地供他们当作运动具的材料。

只恐怕日子过下去，不久他的爷娘要拿两条板凳去换米吃，要带这两个孩子去捡煤屑，捉狗屎了。到那时，我这位匿名的通信者所发见，和我的所画，便成了这两个穷小孩的黄金时代的梦影。

廿三〔1934〕年七月十四日

① 捉狗屎，作者家乡话，意即捡狗屎（作肥料）。

肉腿

清晨六点钟，寒暑表的水银已经爬上九十二度[1]。我臂上挂着一件今年未曾穿过的夏布长衫，手里提着行囊，在朝阳照着的河埠上下船，船就沿着运河向火车站开驶。

这船是我自己雇的。船里备着茶壶、茶杯、西瓜、薄荷糕、蒲扇和凉枕，都是自己家里拿下来的，同以前出门写生的时候一样。但我这回下了船，心情非常不快：一则为了天气很热，前几天清晨八十九度，正午升到九十九度。今天清晨就九十二度，正午定然超过百度以上，况且又在逼近太阳的船棚底下。加之打

① 九十二度，指华氏度。

开行囊就看见一册《论语》，它的封面题着李笠翁的话，说道人应该在秋、冬、春三季中做事而以夏季中休息，这话好像在那里讥笑我。二则，这一天我为了必要的人事而出门，不比以前开“写生画船”的悠闲。那时正是暮春天气，我雇定一只船，把自己需用的书籍、器物、衣服、被褥放进船室中，自己坐卧其间。听凭船主人摇到哪个市镇靠夜，便上岸去自由写生，大有“听其所止而休焉”的气概。这回下船时形式依旧，意义却完全不同。这一次我不是到随便哪里去写生，我是坐了这船去赶十一点钟的火车。上回坐船出于自动，这回坐船出于被动。这点心理便在我胸中作起怪来，似乎觉得船室里的事物件件都不称心了。然而船窗外的特殊的景象，却引起了我的注意。

从石门湾到崇德之间，十八里运河的两岸，密接地排列着无数的水车。无数仅穿着一条短裤的农人，正在那里踏水。我的船在其间行进，好像阅兵式里的将军。船主人说，前天有人数过，两岸的水车共计七百五十六架。连日大晴大热，今天水车架数恐又增加了。我设想从天中望下来，这一段运河大约像一条蜈蚣，数百只脚都在那里动。我下船的时候心情的郁郁，到这时候忽然变成了惊奇。这是天地间的一种伟观，这是人与自然的剧战。火一般的太阳赫赫地照着，猛烈地在那里吸收地面上所有的水；浅浅的河水懒洋洋地躺着，被太阳越晒越浅。两岸数千百个踏水的人，尽量地使用两腿的力量，在那里同太阳争夺这一些水。太阳升得越高，他们踏得越快："洛洛洛洛 ……" 响个不绝。后来终于戛然停止，人都疲乏而休息了；然而太阳似乎并不疲倦，不须休息；在静肃的时候，炎威更加猛烈了。

听船人说，水车的架数不止这一些，运河的里面还有着不少。继续两三个月的大热大旱，田里、浜里、小河里，都已干燥见底；只有这条运河里还有些水。但所有的水很浅，大桥的磐石已经露出二三尺；河埠石下面的桩木也露出一二尺，洗衣汲水的人，蹲在河埠最下面一块石头上也撩不着水，须得走下到河床的边上来浣汲。我的船在河的中道独行，尚无阻碍；逢到和来船交手过的时候，船底常常触着河底，轧轧地作声。然而农人为田禾求水，舍此以外更没有其他的源泉。他们在运河边上架水车，把水从运河踏到小河里；再在小河边上架水车，把水从小河踏到浜里；再在浜上架水车，把水从浜里踏进田里。所以运河两岸的里面，还藏着不少的水车。“洛洛洛洛……”之声因远近而分强弱数种，互相呼应着。这点水仿佛某种公款，经过许多人之手，送到国库时所剩已无几了。又好比某种公文，由上司行到下司，费时很久，费力很多。因为河水很浅，水车必须竖得很直，方才吸得着水。我在船中目测那些水车与水平面所成的角度，都在四十五度以上；河岸特别高的地方，竟达五六十度。不曾踏过或见过水车的读者，也可想象：这角度越大，水爬上来时所经的斜面越峭，即水的分量越重，踏时所费的力量越多。这水仿佛是从井里吊起来似的。所以踏这等水车，每架起码三个人。而且一个车水口上所设水车不止一架。

故村里所有的人家，除老弱以外，大家须得出来踏水。根本没有种田就逢大旱的人家，或所种的禾稻已经枯死的人家，也非出来参加踏水不可，不参加的干犯众怒，有性命之忧。这次的工作非为“自利”，因为有多人自己早已没有田禾了；又说不上“利他”，因为踏进去的水被太阳蒸发还不够，无暇去滋润半枯的禾稻的根了。这次显然是人与自然的剧烈的抗争。不抗争而活是羞耻的，不抗争而死是怯弱的；抗争而活是光荣的，抗争而死也是甘心的。农人对于这个道理，嘴上虽然不说，肚里很明白。眼前的悲壮的光景便是其实证。有的水车上，连妇人、老太婆、十一二岁的小孩子都在那里帮工。“噹，噹，噹”，锣声响处，一齐戛然停止。有的到荫处坐着喘息；有人向桑树拳头①上除下篮子来取吃食。篮子里有的是蚕豆。他们破晓吃了粥，带了一篮蚕豆出来踏水。饥时以蚕豆充饥，一直踏到夜半方始回去睡觉。只有少数的“富有”之家的篮子里，盛着冷饭。“噹，噹，噹”，锣声响处，

① 桑树拳头，指桑树上抽新枝处。

大家又爬上水车，“洛洛洛洛”地踏起来。无数赤裸裸的肉腿并排着，合着一致的拍子而交互动作，演成一种带模样。我的心情由不快变成惊奇，由惊奇而又变成一种不快。以前为了我的旅行太苦痛而不快，如今为了我的旅行太舒服而不快。我的船棚下的热度似乎忽然降低了，小桌上的食物似乎忽然太精美了，我的出门的使命似乎忽然太轻松了。直到我舍船登岸，通过了奢华的二等车厢而坐到我的三等车厢里的时候，这种不快方才渐渐解除。唯有那活动的肉腿的长长的带模样，只管保留印象在我的脑际。这印象如何？住在都会的繁华世界里的人最容易想象，他们这几天晚上不是常在舞场里、银幕上看见舞女的肉腿的活动的带模样么？踏水的农人的肉腿的带模样正和这相似，不过线条较硬些，色彩较黑些。近来农人踏水每天到夜半方休。舞场里、银幕上的肉腿忙着活动的时候，正是运河岸上的肉腿忙着活动的时候。

一九三四年八月十五日于杭州招贤寺

送 考[1]

今年的早秋，我送一群小学毕业生到杭州来投考中学。

这一群小学毕业生中，有我的女儿和我的亲戚、朋友家的女儿，送考的也还有好几个人，父母、亲戚先生。我名为送考，其实没有什么重要责任，因此我颇有闲散心情，可以旁观他们的投考。

坐船出门的一天，乡间旱象已成。运河两岸，水车同体操队伍一般排列着，咿哑之声不绝于耳。村中农夫全体出席踏水，已种田而未全枯的当然要出席，已种田而已全枯的也要出席，根本没有种田的也要出

① 本篇原载1934年10月《中学生》第48号。

席；有的车上，连妇人、老太婆和十二三岁的孩子也出席。这不是平常的灌溉，这是人与自然奋斗！我在船窗中听了这种声音，看了这种情景，不胜感动。但那班投考的孩子们对此如同不闻不见，只管埋头在《升学指导》《初中入学试题汇观》等书中。我喊他们：

“喂！抱佛脚没有用！看这许多人工作！这是百年来未曾见过的状态，大家看！”但他们的眼向两岸看了一看，就回到书上，依旧埋头在书中。后来却提出种种问题来考我：

“穿山甲欢喜吃什么东西？”

“耶稣生时当中国什么朝代？”

“无烟火药是用什么东西制成的？”

“挪威的海岸线长多少哩？”

我全被他们难倒了，一个问题都回答不出来。我装着内行的神气对他们说：“这种题目不会考的！”他们都笑起来，伸出一根手指点着我，说：“你考不出！

你考不出！”我老羞并不成怒，笑着，倚在船窗上吸烟。后来听见他们里面有人在教我：“穿山甲喜欢吃蚂蚁的！……”我管自看踏水，不去听他们的话；他们也管自埋头在书中不来睬我，直到舍舟登陆。

乘进火车里，他们又拿出书来看；到了旅馆里，他们又拿出书来看。一直看到考的前晚。在旅馆里我们又遇到了另外几个朋友的儿女，大家同去投考。赴考这一天，我五点钟就被他们吵醒，也就起个早来送他们。许多童男童女，各人携了文具，带了一肚皮“穿山甲喜欢吃蚂蚁”之类的知识，坐黄包车去赴考。有几个十二三岁的女孩，愁容满面地上车，好像被押赴刑场似的，看了真有些可怜。

到了晚快，许多孩子活泼地回来了。一进房间就凑作一堆讲话：哪个题目难，哪个题目易；你的答案不错，我的答案错，议论纷纷，沸反盈天。讲了半天，结果有的脸上表示满足，有的脸上表示失望。然而嘴上大家准备不取。男的孩子高声地叫：“我横竖不取的！”女的孩子恨恨地说：“我取了要死！”

他们每人投考的不止一个学校，有的考二校，有的考三校。大概省立的学校是大家共同投考的。其次，市立的、公立的、私立的、教会的，则各人各选。然而大多数的投考者和送考者的观念中，都把杭州的学校这样地排列着高下等第。明知自己的知识不足，算术做不出；明知省立学校难考取，要十个里头取一个，但宁愿多出一块钱的报名费和一张照片，去碰碰运气看。万一考得取，可以爬得高些。省立学校的“省”字仿佛对他们发散着无限的香气。大家讲起了不胜欣羡。

从考毕到发表的几天之内，投考者之间的空气非常沉闷。有几个女生简直是寝食不安，茶饭无心。他们的胡思梦想在谈话之中反反复复地吐露出来，考得得意的人，有时好像很有把握，在那里探听省立学校的制服的形式了；但有时听见人说：“十个人里头取一个，成绩好的不一定统统取”，就忽然心灰意懒，去讨别的学校的招生简章了。考得不得意的人嘴上虽说“取了要死”，但从他们屈指计算发表日期的态度上，可以窥知他们并不绝望。世间不乏侥幸的例，万一取了，他们便是“死而复生”，岂不更加欢喜？然而有时他们忽然觉得这太近于梦想，问过了“发表还有几天”之后，立刻接一句“不关我的事”。

我除了早晚听他们纷纷议论之外，白天统在外面跑，或者访友，或者觅画。省立学校录取案发表的一天，奇巧轮到我同去看榜。我觉得看榜这一刻工夫心情太紧张了，不教他们亲自去看。同时我也不愿意代他们去看，便想出一个调剂紧张的方法来：我和一班学生坐在学校附近一所茶店里了，教他们的先生一个人去看，看了回到茶店里来报告。然而这方法缓和得有限。在先生去了约一刻钟之后，大家眼巴巴地望他回来。有的人伸长了脖子向他的去处张望，有的人跨出门槛去等他。等了好久，那去处就变成了十目所视的地方，凡有来人，必牵惹许多小眼睛的注意，其中穿夏布长衫的人尤加触目惊心，几乎可使他们立起身来。久待不来，那位先生竟无辜地成了他们的冤家对头。有的女学生背地里骂他“死掉了”，有的男学生料他“被公共汽车碾死”。但他到底没有死，终于拖了一件夏布长衫，从那去处慢慢地踱回来了。“回来了，回来了”，一声叫后，全体肃静，许多眼睛集中在他的嘴唇上，听候发落。这数秒间的空气的紧张，是我这支自来水笔所不能描写的啊！

“谁取的”“谁不取”，一一从先生的嘴唇上判决下来。他的每一句话好像一个霹雳，我几乎想包耳朵。受到这霹雳的人有的脸色惨白了，有的脸色通红了，有的茫然若失了，有的手足无措了，有的哭了，但没有笑的人。结果是不取的一半，取的一半。我抽了一口大气，开始想法子来安慰哭的人。我胡乱造出些话来把学校骂了一顿，说它办得怎样不好，所以不取并不可惜。不期说过之后，哭的人果然笑了，而满足的人似乎有些怀疑了。我在心中暗笑，孩子们的心，原来是这么脆弱的啊！ 教他们吃这种霹雳，真是残酷！

以后在各校录取案发表的时候，我有意回避，不愿再尝那种紧张的滋味。但听说后来的缓和得多，一则因为那些学校被他们认为不好，取不取不足计较；二则小胆儿吓过几回，有些儿麻木了。不久，所有的学生都捞得了一个学校。于是找保人，缴学费，忙了几天。这时候在旅馆中所听到的谈话，都是“我们的学校长，我们的学校短”的一类话了。但这些“我们”之中，其亲切的程度有差别。大概考取省立学校的人所说的“我们”是亲切的，而且带些骄傲。考不取省立学校而只得进他们所认为不好的学校的人的“我们”，大概说得不亲切些。他们预备下年再去考省立学校。

旱灾比我们来时更进步了，归乡水路不通，下火车后须得步行三十里。考取了学校的人都鼓着勇气，跑回家去取行李，雇人挑了，星夜启程跑到火车站，乘车来杭入学。考取省立学校的人尤加起劲，跑路不嫌劳苦，置备入学的用品也不惜金钱。似乎能够考得进去，便有无穷的后望，可以一辈子荣华富贵，吃用不尽似的。

廿三〔1934〕年九月十日于西湖招贤寺

录取新生

市街形式[1]

在上海劳作了半个月，一旦工作告一小段落，偷闲乘通车到杭州来抽一口气。当我在城站[2]下车，坐黄包车到达新市场时，望见这里一片平广的夜景，心头感到十分的快适。

“为什么我心头这般快适？”我这样地自问，便开始研究自己的心理状态。研究的结果，我知道这快适的成因乃主观和客观两方合成。在主观方面，我这会劳作了半个月，到这里来休息一下，自己以为是堂皇的。好比劳动者作了一天苦工，晚间到酒店的柜头上来买碗酒喝，“一升高粱！”喊的声音威严响亮，语气

① 本篇原载1935年1月25日《新中华》第3卷第2期。

② 城站，是杭州的火车站。

是命令的。在客观的方面，新市场的市街的平广的景象，容易使人看了生出快适之感。杭州还没有摩天楼出现，现有的房屋大多数是二三层的。远望市街的夜景，只见一片灯火平铺在广大的地上，好像一条灿烂的宝带。我看到这般景象时，假想它是古代神话中的光景，心头暂时感到一种快适。

上海市街的灯火，当然比杭州更多。然而没有这般快适之感，却使人感到一种压迫。这是市街形式不同的关系，上海的市街形式是直的，杭州的市街形式是横的。直的形式有严肃之感，横的形式有和平之感。只要比较观看直线和横线，便可知道形式感情的区别。直线是阶级的，横线是平等的。直线有危险性，横线则表示永久的安定。故直线比横线森严，横线比直线可亲。森林多直线，使人感到凛然；流水多横线，使人感到爽快。上海近来高层建筑日渐增多，虽然没有像森林一般密，也可谓“林立”了。我们身在高不可仰的大建筑物下面行走，觉得自己的身体在相形之下非常邈小，自然地感到一种恐怖。设想这种高大的建筑物假如坍倒下来，可使许多人粉身碎骨，好像大皮鞋落在蚂蚁队伍上一样。

高层建筑是现代艺术的主要的题材，这正在世界各资本主义的大都市中蓬勃地发展着。世间的建筑家，多数正在尽心竭力地从事于摩天阁建造法的研究。他们想把向来的横的市街改造为直的，想把向来的和平可亲的市街改造为危险可怕的。

上海分明已经受着这种改造，杭州还不会。因此我觉得杭州可爱，但可爱的也只是杭州的形式而已。

廿三〔1934〕年十二月十七日于石门湾缘缘堂

饭店速写

野外理发处

我的船所泊的岸上，小杂货店旁边的草地上，停着一副剃头担。我躺在船榻上休息的时候，恰好从船窗中望见这副剃头担的全部。起初剃头司务独自坐在凳上吸烟，后来把凳让给另一个人坐了，就剃这个人的头。我手倦抛书，而昼梦不来。凝神纵目，眼前的船窗便化为画框，框中显出一幅现实的画图来。这图中的人物位置时时在变动，有时会变出极好的构图来，疏密匀称，姿势集中，宛如一幅写实派的西洋画。有时微嫌左右两旁空地太多太少，我便自己变更枕头的放处，以适应他们的变动，而求船窗中的妥帖的构图。但妥帖的构图不可常得，剃头司务忽左忽右忽前忽后，行动变化不测，我的枕头刚刚放定，他们的位置已经移变了。唯有那个被剃头的人，身披白布，当模特儿一般地静坐着，大类画中的人物。

平日看到剃头，总以为被剃者为主人，剃者为附从。故被剃者出钱雇用剃头司务，而剃头司务受命做工；被剃者端坐中央，而剃头司务盘旋奔走。但绘画地看来，适得其反：剃头司务为画中主人，而被剃者为附从。因为在姿势上，剃头司务提起精神做工，好像雕刻家正在制作，又好像屠户正在杀猪。而被剃者不管是谁，都垂头丧气地坐着，忍气吞声地让他弄，好像病人正在求医，罪人正在受刑。听说今春杭州举行金刚法会时，班禅喇嘛叫某剃头司务来剃一个头，送他十块钱，剃头司务叩头道谢。若果有其事，这剃头司务剃“活佛”之头，受十元之赏，而以大礼答谢，可谓荣幸而恭敬了。但我想当他工作的时候，“活佛”也是默默地把头交付他，任他支配的。假如有人照一张“喇嘛剃头摄影”，挂起来当作画看，画中的主人必是剃头司务，而喇嘛为剃头司务的附从。纯粹用感觉来看，剃头这景象中，似觉只有剃头司务一个人，被剃的人暂时变成了一件东西。因为他无声无息，呆若木鸡；全身用白布包裹，只留出毛毛草草的一个头，而这头又被操纵在剃头司务之手，全无自主之权。请外科郎中开刀的人要叫“啊唷哇”，受刑罚的人要喊“青天大老爷”，独有被剃头的人一声不响，绝对服从地把头让给别人弄。因为我在船窗中眺望岸上剃头的景象，在感觉上但见一个人的活动，而不觉得其为两个人的勾当。我很同情于这被剃者：那剃头司务不管耳、目、口、鼻，处处给他抹上水，涂上肥皂，弄得他淋漓满头；拨他的下巴，他只得仰起头来；拉他的耳朵，他只得旋转头去。这种身体的不自由之苦，在照相馆的镜头前面只吃数秒钟，犹可忍也；但在剃头司务手下要吃个把钟头，实在是人情所难堪的！我们岸上这位被剃头者，忍耐力格外强：他的身体常常为了适应剃头司务的工作而转侧倾斜，甚至身体的重心越出他所坐的凳子之外，还是勉力支撑。我躺在船里观看，代他感觉非常的吃力。人在被剃头的时候，暂时失却了人生的自由，而做了被人玩弄的傀儡。

我想把船窗中这幅图画移到纸上。起身取出速写簿，拿了铅笔等候着。等到妥帖的位置出现，便写了一幅，放在船中的小桌子上，自己批评且修改。这被剃头者全身蒙着白布，肢体不分，好似一个雪菩萨。幸而白布下端的左边露出凳子的脚，调剂了这一大块空白的寂寥。又全靠这凳脚与右边的剃头担子相对照，稳固了全图的基础。凳脚原来只露一只，为了它在图中具有上述的两大效用，我擅把两脚都画出了。我又在凳脚的旁边，白布的下端，擅自添上一朵墨，当作被剃头者的黑裤的露出部分。我以为有了这一朵墨，白布愈加显见其白；剃头司务的鞋子的黑在画的下端不致孤独。而为全图的主眼的一大块黑色 —— 剃头司务的背心 —— 亦得分布其同类色于画的左下角，可以增进全图的统调。为求这黑色的统调，我的签字须写得特别粗大些。

船主人于我下船时，给十个铜板与小杂货店，向他们屋后的地上采了一篮豌豆来，现在已经煮熟，送进一盘来给我吃。看见我正在热心地弄画，便放了盘

野外理发处

子来看。“啊，画了一副剃头担！”他说：“像在那里挖耳朵呢。小杂货店后面的街上有许多花样：捉牙虫的、测字的、旋糖的，还有打拳头卖膏药的……我刚才去采豆时从篱笆间望见，花样很多，明天去画！”我未及回答，在我背后的小洞门中探头出来看画的船主妇接着说：“先生，我们明天开到南浔去，那里有许多花园，去描花园景致！”她这话使我想起船舱里挂着的一张照相：那照相里所摄取的，是一株盘曲离奇的大树，树下的栏杆上靠着一个姿态闲雅而装束楚楚的女子，好像一位贵妇人；但从相貌上可以辨明她是我们的船主妇。大概这就是她所爱好的花园景致，所以她把自己盛妆了加入在里头，拍这一张照来挂在船舱里的。我很同情于她的一片苦心。这照片仿佛表示：她在物质生活上不幸而做了船娘，但在精神生活上十足地是一位贵妇人。世间颇有以为凡画必须优美华丽的人；以为只有风、花、雪、月、朱栏、长廊、美人、名士是画的题材的人。我们这船主妇可说是这种人的代表。我吃着豌豆和这船家夫妇俩谈了些闲话，他们就回船艄去做夜饭。

天色渐渐向晚，岸上剃头担已经挑去，只剩一片草地。我独坐船舱中等夜饭吃，乘闲考虑画的题目。这是最廉价的理发处，剃一个头只要十五个铜板。这恐怕是我国所独有的理发处。外国人见了或许要羡慕："中国人如何高雅而自然，不但幽人隐士爱好山水，连一般人的理发也欢喜在天光之下，蝴蝶飞舞的青草地上。"刚才船主告诉我："近来这种剃头担在乡间生意很好，本来出一角小洋上剃头店的人，现在都出十五个铜板坐剃头担了。"外国人看了这情形，以为中国人近来愈加高雅而自然了，我就美其名曰"野外理发处"吧。①

廿三〔1934〕年六月十日作

① 此末端在1957年版《缘缘堂随笔》中被作者删去，现予以恢复。

三娘娘[①]

我的船停泊在小桥堍的小杂货店的门口，已经三天了。每次从船舱的玻璃窗中向岸上眺望，必然看见那小杂货店里有一位中年以上的妇人坐在凳子上“打绵线”。后来看得烂熟，不须写生，拿着铅笔便能随时背摹其状。我从她的样子上推想她的名字大约是三娘娘。就这样假定。

从船舱的玻璃窗中望去，三娘娘家的杂货店只有一个板橱和一只板桌。板橱内陈列着草纸、蚊虫香和香烟等。板桌上排列着四五个玻璃瓶，瓶内盛着花生米糖果等。还有一只黑猫，有时也并列在玻璃瓶旁。

① 本篇原载1934年7月1日《文学》月刊。编入1957年版《缘缘堂随笔》时作者有所改动，现仍按旧版《车厢社会》。

难得有一个老人或一个青年在这店里出现，常见的只有三娘娘一人。但我从未见过有人来三娘娘的店里买物。每次眺望，总见她坐在板桌旁边的独人凳上，打绵线。

午后天下雨。我暂不上岸，靠在船窗上吃枇杷。假如我平生也有四恨，枇杷有核该是我的四恨之一。我说水果中枇杷顶好吃。可惜吃的手续麻烦。堆了半桌子的皮和核，弄脏了两手。同吃蟹相似，善后甚是吃力。但靠在船窗上吃，省力得多。皮和核可随时抛在水里，决没有卫生警察来干涉。即使来干涉，我可想出理由来辩解：枇杷叶是药，枇杷核和皮或者也有药力。近来水面上浮着死猪，死羊，死狗，死猫很多，加了这药力或者可以消毒，有益于公众卫生。这般说过之后，卫生警察一定“马马虎虎”。

以前我只是向窗中探首一望，瞥见三娘娘的刹那间的姿态而已。这回因吃枇杷，久凭窗际，方才看见三娘娘的打绵线的能干，其技法的敏捷，态度的坚忍，可以使人吃惊。都会里的摩青与摩女（注：日本人略称 modern boy〔摩登（男）青年〕为 moba，略称 modern girl〔摩登女郎〕为 moga[1]，今仿此），恐怕没有知道“打绵线”为何物；看了我这幅画，将误认为打弹子，放风筝，抽陀螺，亦未可知。我生长在穷乡，见惯这种苦工，现在可为不知者略道之：这是一架人制的纺丝机器。在一根三四尺长的手指粗细的木棒上，装一个铜叉头，名曰“绵叉梗”，再用一根约一尺长的筷子粗细的竹棒，上端雕刻极疏的螺旋纹，下端装顺治铜钿（康熙，乾隆铜钿亦可）十余枚，中间套一芦管，名曰“锤子”。纺丝的工具，就是绵叉梗和锤子这两件。应用之法，取不能缫丝的坏茧子或茧子上剥下来的东西，并作绵絮似的一团，顶在绵叉梗上的铜叉头上。左手持绵叉梗，右手扭那绵絮，使成为线。将线头卷在锤子的芦管上，嵌在螺旋纹里。然后右手指用力将竹棒一旋，使锤子一边旋转，一边靠了顺治铜钱的重力而挂下去。上面扭，下面挂，线

① moba，moga 皆英语发音之简化。

便长起来。挂到将要碰着地了，右手停止扭线而捉取锤子，将线卷在芦管上。卷了再挂，挂了再卷，锤子上的线球渐渐大起来。大到像上海水果店里的芒果一般了，便可连芦管拔脱，另将新芦管换上，如法再制。这种芒果般的线球，名曰绵线。用绵线织成的绸，名曰绵绸：像我现在身上所穿的衣服，正是由三娘娘之类的人的左手一寸一寸地扭出来而一寸一寸地卷上去的绵线所织成的。近来绵绸大贱，每尺只卖一角多钱。据说，照这价钱合算起工资来，像三娘娘这样勤劳地一天扭到晚，所得不到十个铜板。但我想，假如用"勤劳"的国土里的金钱来定起工价来，这样纯熟的技能，这样忍苦的劳作，定他每天十个金镑，也不算过多呢。三娘娘的操持绵叉梗的手，比闲人们打弹子的手更为稳固；扭绵线的手，比闲人们放风筝的手更为敏捷；旋锤子的手，比闲人们抽陀螺的手更为有力。打一个弹子可赢得不少的洋钱，打一天绵线赚不到十个铜板。如使三娘娘欲富，应该不打绵线打弹子。

三娘娘为求工作的速成，扭的绵线特别长，要两

三娘娘

手向上攀得无可再高，锤子向下挂得比她的小脚尖还低，方才收卷。线长了，收卷的时候两臂非极度向左右张开不可。看她一挂一卷，手臂的动作非常辛苦！一挂一卷，费时不到一分钟；假定她每天打绵线八小时，统计起来，她的手臂每天要攀高五六百次。张开五六百次。就算她每天赚得十个铜板，她的手臂要攀五六十次，张五六十次，还要扭五六十通，方得一个铜板的酬报。

黑猫端坐在她面前，静悄悄地注视她的工作，好像在那里留心计数她的手臂的动作的次数。

廿三〔1934〕年六月十六日

看灯[①]

今晚我的船所要停泊的市镇上，正在举行“新生活运动提灯大会”。船头离岸尚远，早有鼓乐喧阗之声，从远近各处传入我的船室。船家夫妇从下午起，一直在船艄上恨恨地谈论昨夜失去的那条白绵绸裤子。新生活运动鼓乐之声能使他们转恨为喜，到这时候他们忽然起劲地摇着“盖面橹”[②]，兴致勃勃地话起那灯会中的“牡丹亭”“白毛太狮”来。

① 本篇原载1934年7月16日《论语》第45期。

② 摇“盖面橹”，作者家乡话，指船即将靠岸的摇法，因橹吃水不深，故谓“盖面”。

市里的岸边停着许多客船，我们的船不能摇进市中，只得泊在市梢。船家夫妇做夜饭给我吃，同时为我谈起灯会的种种盛况。他们说这是难得看得到的；又说像我，描画的人，更是非看不可。他们能包我描得许多“出色”的画。最后又郑重地叮嘱我，衣帽物件务要收藏得好，防恐蹈了昨夜的覆辙。

黄昏九时，我由船主人引导，穿过了一片汗臭的人海，来到毛厕斜对面的一所败屋的门前。船主人说，在这地方看灯再好勿有。别的房屋的门口，都站满着人，只有这庑下比较的空些。原来这败屋的门紧紧地关闭着，里面并无主人出来看灯，专把它庑下这块在当时千金难买的空地，让给像我这样的过路人驻足。我举头一看，望见檐下挂着一块破旧不堪的匾额，额上写着“土谷祠”三字，心想这里面大约没有阿 Q，或者也有，而正在参加提灯，所以关着门。门外已疏朗朗地站着十来个人，但一边尚有几尺空地，好像是专为我和船主人留着的。走近一看，地下有着很大的一个水洼，其深不可测。船主人去近旁拾些砖头来，在这些水洼里填起两个浮墩，教我把足踏在浮墩上。他自己本来赤着脚，就像种莲花一般地把两脚插在水里，挺起胸部，等候着看灯。

这样地站着等候了约一小时之久，鼓乐之声渐渐地迫近来。路的两旁就有千百个人头，弯弯曲曲地伸进伸出，向鼓乐的来处探望，惟有我一人正襟危立，一些儿不动。人之见者，或将赞我镇静不躁，修养功夫极深。果尔，我将感谢我脚底下的两个浮墩。其实我早该感谢它们。因为这时候，站到土谷祠庑下来的人已渐次增加了不少，颇有些儿拥挤，但始终没有人敢挨近我身边来。我仿佛是占据着梁山泊的强徒，四面环绕着水，任何官兵不敢相犯。

鼓乐只管在近处喧阗，花灯只管不来。我的两脚只管保住了一尺半的距离而分立着，有些儿麻木了。我的眼睛只管望见罗汉像一般的人头，也有些儿看厌了。视线所及，只有斜对面毛厕上络绎不绝的小便者，变化丰富，姿势各殊，暂时代替花灯供我欣赏。这会我独得了珍奇的阅历：有生以来，从未对着这样拥挤的毛厕作这样长久的观察。吾今始知小便者的态度姿势变化之多。想描出几个，伸手向衣袋中摸速写簿，遍摸不得。料想是一小时之前通过人海时被挤出衣袋而落在途中了，或者被人误认作皮夹掏去了。我之所谓速写簿，其实只是六个铜板买来的一本小拍纸簿，厚纸的旁边装着一个自己手制的铅笔套，套内插着半枝大华厂“唯一国货”的6B铅笔罢了。不过里面已经写着一幅船主人洗脚图，失去了略觉可惜；当时眼前的小便者的姿态无法速写，又觉得可惜。

继续看了络绎不绝的许多小便者之后，花灯方始迎来。我目不转瞬地注视，想多看些，以偿盼待之劳。可是那些花灯都像灵隐道上的轿子一般匆匆地从我眼前抬过，不肯给我细看。而我呢，也因为在水泊中的浮墩上一动不动地继续站立了一小时多，异常疲劳，没有仔细看灯的精力了。只觉无数乒乓球制的小电灯在我眼前络绎不绝地经过，等它们过完之后，我靠了船主人的手援，跳出水泊，再穿过了汗臭的人海而归到船埠。

此地不准小便

坐在船室中，船主人便问我今晚可得几幅画。我闭目探索，只有那毛厕中一个小便者的姿态，在我脑中留有明确的印象。便背摹其状。

廿三〔1934〕年五月十九日[1]

① 本文篇末未署日期。这里所署的日期是发表在《论语》上时篇末所署。

鼓乐[①]

我本已决心，今晚不再上岸去看灯。预备在船室中洋烛光底下的小桌子上整理白天的画稿，或者躺着阅读新到的杂志；黄昏肚饥时向船主妇借只碗，到岸上去买碗“救命圆子”[②]吃吃，倒比投身在人海的涡旋里看灯，来得有味。但是我后来终于变计，又跟了船主人上岸去看灯了。

所以变计者，一半是因船主人的劝进，一半是受了鼓乐声的诱惑。船主人说，今晚的灯比昨晚好得多，有从别码头借来的台阁，有七十几节的“金华老龙”；

① 本篇原载1934年6月20日《申报》。

② “救命圆子”，一种很小的圆子，极言其吃不饱，只能救饥饿者一命，故有此称呼。

远方特地雇舟来看的也不少，我们便路到此，乐得一看。我听了这般盛况，觉得应该随喜。同时鼓乐喧阗之声从远近各处送进我的船室来，使我听了觉得脚底上痒痒的，不由地收拾画具书册，跟着船主人跳上岸去“与众乐乐”了。

鼓乐所用之乐器，都是不能奏旋律的打乐器；所奏的音乐，也只是简单的几句腔调的反复，正如小孩子们口中所唱:“同同上，登登上，登登次登次登上……”但它具有一种奇妙的诱惑力，能吸引远近各处的人心。回忆昨晚在灯会中所听到的丝竹管弦之音，表面虽似复杂，但在我看来（其实是听来，但不妨说看来）反比鼓乐简单。凭我的记忆，昨夜所闻的丝竹管弦曲的旋律，若用简谱记录起来，都不外乎的反复敷衍。听得过久了，使我觉得心头上痒痒的，非常难熬，而且这痒无法可搔。即使立刻掩耳却走，仍是带着这痒走的。鼓乐则不然，远听时脚底上发痒，只要跟了大众跑，就会爽快。跑到近处，身心就会同化在鼓乐的节奏中，跟了它昂奋起来，至多也不过使你疲劳，却决不会使你难熬。这是中国音乐的特产。据我所知，西洋音乐上似乎没有全用打乐器组成的演奏法。

5 1̇ 6 1̇ 5 | 5 1̇ 6 1̇ 5 6 1̇ | 6 1̇ 6 1̇ 1̇ 3̇ 2̇ |
3̇ 2̇ 3̇ 2̇ 3̇ 2̇ 1̇ | 3̇ 3̇ 6 2̇ 1̇ 6 2̇ | 1̇ 6 2̇ 1̇ 6 5 3 |
5 …………

所以我跟船主人上岸，名为看灯，其实是想看看鼓乐的演奏。这回我们站在桥畔看灯。许多花灯像轿子一般地抬过桥去。后来为了前途障碍，一齐停下了。停在面前的，是装着“提倡新生活”“与民同乐”等大字匾额的一座灿烂的台阁。后面跟着的是一班打乐队。我便从人丛中挤到后面去，细看那打乐队的演奏。奏法率直得很，但把锣、鼓、饶钹等乐器交互相间地敲击，自成一种雍容浩荡的音节。鼓的奏法尤为率直，老是“同，同，同，同”地敲打，永不变化其节奏。但因了其他乐器的配合，自能表现一种特殊的效果。敲鼓的样子更使我惊异：一个孩子背着一面鼓向前跑，鼓手跟在后面一路打去，好像追杀败将一般。

鼓乐

孩子跑得越快，后面打的追得越紧；孩子立停了让他打，他就摆开步位，出劲地痛打一顿。孩子背后受人痛打，前面管自吃芝麻饼。饼上的芝麻跟了鼓的“同，同，同，同”而纷纷地落下，他伸手接住了芝麻，慢慢地用舌舐食。我走近去看，但见他全身的衣服，筋肉，头发，都跟了鼓的打击而瑟瑟的颤动。他的内脏一定也跟着了鼓声而振荡着。这是一种无微不至的全身运动，吃下芝麻饼去，消化想是很快的。但我细看那孩子的年龄，不过十岁左右，他的皮肉很嫩，他的骨节一定不很坚牢。这样剧烈地敲到半夜，这副嫩骨头可被敲散，回家去非找他母亲重新编穿过不可呢。

速取速写簿来描取这般惊异的现状。描成，鼓乐队就开拔，渐渐远去。收了速写簿再听鼓乐，音节远不及以前的雍容浩荡，似乎带着凄惨之气了。

廿三〔1934〕年五月廿日

荣 辱[1]

为了一册速写簿遗忘在里湖的一爿小茶店里了，特地从城里坐黄包车去取。讲到[2]车钱来回小洋[3]四角。

这速写簿用廿五文一大张的报纸做成，旁边插着十几个铜板一支的铅笔。其本身的价值不及黄包车钱之半。我所以是要取者，为的是里面已经描了几幅画稿。本来画稿失掉了可以凭记忆而背摹；但这几幅偏生背摹不出，所以只得花了工夫和车钱去取。我坐在

① 本篇原载1935年3月12日《申报》。

② 讲到，意即讲定。

③ 当时除“法币”以外有一种二角银币，称为二角小洋，合铜板50枚（“法币”二角为二角大洋，合铜板60枚）。

黄包车里心中有些儿忐忑。仔细记忆，觉得这的确是遗忘在那茶店里面第二只桌子的墙边的。记得当我离去时，茶店老板娘就坐在里面第一只桌子旁边，她一定看到这册速写簿，已经代我收藏了。即使她不收藏，第二个顾客坐到我这位置里去吃茶，看到了这册东西一定不会拿走，而交老板娘收藏。因为到这茶店里吃茶的都是老主顾，而且都是劳动者，他们拿这东西去无用。况且他们曾见我在这里写生过好几次，都认识我，知道这是我的东西，一定不会吃没[①]我。我预卜这辆黄包车一定可以载了我和一册速写簿而归来。

车子走到湖边的马路上，望见前面有一个军人向我对面走来。我们隔着一条马路相向而行，不久这人渐渐和我相近。当他走到将要和我相遇的时候，他的革靴嘎然一响，立正，举手，向我行了一个有色有声的敬礼。我平生不曾当过军人，也没有吃粮的朋友，对于这种敬礼全然不惯，不知怎样对付才好，一刹那

① 吃没，江南一带方言，意即吞没。吃没我，意即吞没我的东西。

间心中混乱。但第二刹那我就决定不理睬他。因为我忽然悟到，这一定是他的长官走在我的后面，这敬礼与我是无关的。于是我不动声色地坐在车中，但把眼斜转去看他礼毕。我的车夫跑得正快，转瞬间我和这行礼者交手而过，背道而驰。我方才旋转头去，想看看我后面的受礼者是何等样人。不意后面并无车子，亦无行人，只有那个行礼者。他正也在回头看我，脸上表示愤怒之色，隔着二三丈的距离向我骂了一声悠长的“妈 —— 的！”然后大踏步去了。我的车夫自从见我受了敬礼之后，拉得非常起劲。不久使我和这“妈 —— 的”相去遥远了。

我最初以为这“妈 —— 的”不是给我的，同先前的敬礼的不是给我一样。但立刻确定它们都是给我的。经过了一刹那间的惊异之后，我坐在黄包车里独自笑起来。大概这军人有着一位长官，也戴墨镜，留长须，穿蓝布衣，其相貌身材与我相像。所以他误把敬礼给了我。但他终于发觉我不是他的长官，所以又拿悠长的“妈 —— 的”来取消他的敬礼。我笑过之后

将来的车夫

一时终觉不快。倘然世间的荣辱是数学的，则“我＋敬礼－妈的＝我”同“3＋1－1＝3”一样，在我没有得失，同没有这回事一样。但倘不是数学的而是图画的，则涂了一层黑色之后再涂一层白色上去取消它，纸上就堆着痕迹，或将变成灰色，不复是原来的素纸了。我没有冒领他的敬礼，当然也不受他的“妈——的”。但他的敬礼实非为我而行，而他的“妈——的”确是为我而发。故我虽不冒领敬礼，他却要我实收“妈——的”。无端被骂，觉得有些冤枉。

但我的不快立刻消去。因为归根究底，终是我的不是，为什么我要貌似他的长官，以致使他误认呢？昔夫子貌似了阳货，险些儿“性命交关”。我只受他一个“妈——的”，比较起来真是万幸了。况且我又因此得些便宜：那黄包车夫没有听见“妈——的”，自从见我受了军人的敬礼之后，拉得非常起劲。先前咕噜地说“来回四角太苦”，后来一声不响，出劲地拉我到小茶店里，等我取得了速写簿，又出劲地拉我回转。给他四角小洋，他一声不说，我却自动地添了他五个铜子。

我记录了这段奇遇之后，作如是想：因误认而受敬，因误认而被骂。世间的毁誉荣辱，有许多是这样的。

廿四〔1935〕年三月六日于杭州

蜜 蜂[①]

正在写稿的时候，耳朵近旁觉得有“嗡嗡”之声，间以“得得”之声。因为文思正畅快，只管看着笔底下，无暇抬头来探究这是什么声音。然而“嗡嗡”“得得”，也只管在我耳旁继续作声，不稍间断。过了几分钟之后，它们已把我的耳鼓刺得麻木，在我似觉这是写稿时耳旁应有的声音，或者一种天籁，无须去探究了。

等到文章告一段落，我放下自来水笔，照例伸手向罐中取香烟的时候，我才举头看见这“嗡嗡”“得得”之声的来源。原来有一只蜜蜂，向我案旁的玻璃窗上

① 本篇原载1935年4月《文饭小品》第3期。

求出路，正在那里乱撞乱叫。

我以前只管自己的工作，不起来为它谋出路，任它乱撞乱叫到这许久时光，心中觉得有些抱歉。然而已经挨到现在，况且一时我也想不出怎样可以使它钻得出去的方法，也就再停一会儿，等到点着了香烟再说。

我一边点香烟，一边旁观它的乱撞乱叫。我看它每一次钻，先飞到离玻璃一二寸的地方，然后直冲过去，把它的小头在玻璃上“得，得”地撞两下，然后沿着玻璃“嗡嗡”地向四处飞鸣。其意思是想在那里找一个出身的洞。也许不是找洞，为的是玻璃上很光滑，使它立脚不住，只得向四处乱舞。乱舞了一回之后，大概它悟到了此路不通，于是再飞开来，飞到离玻璃一二寸的地方，重整旗鼓，向玻璃的另一处地方直撞过去。因此“嗡嗡”“得得”，一直继续到现在。

我看了这模样，觉得非常可怜。求生活真不容易，只做一只小小的蜜蜂，为了生活也须碰到这许多钉子。我诅咒那玻璃，它一面使它清楚地看见窗外花台里含着许多蜜汁的花，以及天空中自由翱翔的同类，一面又周密地拦阻它，永远使它可望而不可即。这真是何等恶毒的东西！它又仿佛是一个骗子，把窗外的广大的天地和灿烂的春色给蜜蜂看，诱它飞来。等到它飞来了，却用一种无形的阻力拦住它，永不使它出头，或竟可使它撞死在这种阻力之下。

因了诅咒玻璃，我又羡慕起物质文明未兴时的幼年生活酌诗趣来。我家祖母年年养蚕。每当蚕宝宝上山的时候，堂前装纸窗以防风。为了一双燕子常要出入，特地在纸窗上开一个碗来大的洞，当作燕子的门，那双燕子似乎通人意的，来去时自会把翼稍稍敛住，穿过这洞。这般情景，现在回想了使我何等憧憬！假如我案旁的窗不用玻璃而换了从前的纸窗，我们这蜜蜂总可钻得出去。即使撞两下，也是软软地，没有什么苦痛。求生活在从前容易得多，不但人类社会如此，连虫类社会也如此。

我点着了香烟之后就开始为它谋出路。但这是一件很不容易的事。叫它不要在这里钻，应该回头来从门里出去，它听不懂我的话。用手硬把它捉住了到门外去放，它一定误会我要害它，会用螫反害我，使我的手肿痛得不能工作。除非给它开窗；但是这扇窗不容易开，窗外堆叠着许多笨重的东西，须得先把这些东西除去，方可开窗。这些笨重的东西不是我一人之力所能除去的。

于是我起身来请同室的人帮忙，大家合力除去窗外的笨重的东西，好把窗开了，让我们这蜜蜂得到出路。但是同室的人大家不肯，他们说，“我们做工都很疲倦了，哪有余力去搬重物而救蜜蜂呢？”我顿觉自己也很疲倦，没有搬这些重物的余力。救蜜蜂的事就成了问题。

忽然门里走进一个人来和我说话。为了不能避免的事，我立刻被他拉了一同出门去，就把蜜蜂的事忘却了。等到我回来的时候，这蜜蜂已不见。不知道是飞去了，被救了，还是撞杀了。

廿四〔1935〕年三月七日于杭州

此路不通！

杨柳

因为我的画中多杨柳树，就有人说我欢喜杨柳树；因为有人说我欢喜杨柳树，我似觉自己真与杨柳树有缘。但我也曾问心，为什么欢喜杨柳树？到底与杨柳树有什么深缘？其答案了不可得。原来这完全是偶然的：昔年我住在白马湖上，看见人们在湖边种柳，我向他们讨了一小株，种在寓屋的墙角里。因此给这屋取名为“小杨柳屋”，因此常取见惯的杨柳为画材，因此就有人说我欢喜杨柳，因此我自己似觉与杨柳有缘。假如当时人们在湖边种荆棘，也许我会给屋取为“小荆棘屋”，而专画荆棘，成为与荆棘有缘，亦未可知。天下事往往如此。

但假如我存心要和杨柳结缘，就不说上面的话，而可以附会种种的理由上去。或者说我爱它的鹅黄嫩绿，或者说我爱它的如醉如舞，或者说我爱它像小蛮的腰，或者说我爱它是陶渊明的宅边所种的，或者还可引援“客舍青青”的诗，“树犹如此”的话，以及“王恭之貌”“张绪之神”等种种古典来，作为自己爱柳的理由。即使要找三百个冠冕堂皇、高雅深刻的理由，也是很容易的。天下事又往往如此。

也许我曾经对人说过“我爱杨柳”的话。但这话也是随缘的。仿佛我偶然买一双黑袜穿在脚上，逢人问我“为什么穿黑袜”时，就对他说“我欢喜穿黑袜”一样。实际，我向来对于花木无所爱好；即有之，亦无所执着。这是因为我生长穷乡，只见桑麻、禾黍、烟片、棉花、小麦，大豆，不曾亲近过万花如绣的园林。只在几本旧书里看见过“紫薇”“红杏”“芍药”“牡丹”等美丽的名称，但难得亲近这等名称的所有者。并非完全没有见过，只因见时它们往往使我失望，不相信这便是曾对紫薇郎的紫薇花，曾使尚书出名的红杏，曾傍美人醉卧的芍药，或者象征富贵的牡丹。我觉得它们也只是植物中的几种，不过少见而名贵些，实在也没有什么特别可爱的地方，似乎不配在诗词中那样地受人称赞，更不配在花木中占据那样高尚的地位。因此我似觉诗词中所赞叹的名花是另外一种，不是我现在所看见的这种植物。我也曾偶游富丽的花园，但终于不曾见过十足地配称“万花如绣”的景象。

假如我现在要赞美一种植物，我仍是要赞美杨柳。但这与前缘无关，只是我这几天的所感，一时兴到，随便谈谈，也不会像信仰宗教或崇拜主义地毕生皈依它。为的是昨日天气佳，埋头写作到傍晚，不免走到西湖边的长椅子里去坐了一番，看见湖岸的杨柳树上，好像挂着几万串嫩绿的珠子，在温暖的春风中飘来飘去，飘出许多弯度微微的S线来，觉得这一种植物实在美丽可爱，非赞它一下不可。

听人说，这种植物是最贱的。剪一根枝条来插在地上，它也会活起来，后来变成一株大杨柳树。它不需要高贵的肥料或工深的壅培，只要有阳光、泥土和水，便会生活，而且生得非常强健而美丽。牡丹花要吃猪肚肠，葡萄藤要吃肉汤，许多花木要吃豆饼，杨柳树不要吃人家的东西，因此人们说它是“贱”的，大概“贵”是要吃的意思。越要吃得多，越要吃得好，就是越“贵”。吃得很多很好而没有用处，只供观赏的，似乎更贵。例如牡丹比葡萄贵，是为了牡丹吃了猪肚肠只供观赏而葡萄吃了肉汤有结果的原故。杨柳不要吃人的东西，且有木材供人用，因此被人看作“贱”的。

我赞杨柳美丽，但其美与牡丹不同，与别的一切花木都不同。杨柳的主要的美点，是其下垂。花木大都是向上发展的，红杏能长到“出墙”，古木能长到“参天”。向上原是好的，但我往往看见枝叶花果蒸蒸日上，似乎忘记了下面的根，觉得其样子可恶；你们是靠他养活的，怎么只管高踞上面，绝不理睬他呢？你们的生命建设在他上面，怎么只管贪图自己的光荣，而绝不回顾处在泥土中的根本呢？花木大都如此。甚至下面的根已经被砍，而上面的花叶还是欣欣向荣，在那里作最后一刻的威福，真是可恶而又可怜！杨柳没有这般可恶可怜的样子：它不是不会向上生长。它长得很快，而且很高；但是越长得高，越垂得低。千万条陌头细柳，条条不忘记根本，常常俯首顾着下面，时时借了春风之力，向处在泥土中的根本拜舞，或者和它亲吻。好像一群的活泼孩子环绕着他们的慈母而游戏，但时时依傍到慈母的身旁去，或者扑进慈母的怀里去，使人看了觉得非常可爱。杨柳树也有高出墙头的，但我不嫌它高，为了它高而能下，为了它高而不忘本。

自古以来，诗文常以杨柳为春的一种主要题材。写春景曰“万树垂杨”，写春色曰“陌头杨柳”，或竟称春天为“柳条春”。我以为这并非仅为杨柳当春抽条的原故。实因其树有一种特殊的姿态，与和平美丽的春光十分调和的原故。这种姿态的特殊点，便是“下垂”。不然，当春发芽的树木不知凡几，何以专让柳条作春的主人呢？只为别的树木都凭仗了春之力而拼命向上，一味求高，忘记了自己的根本。其贪婪之相不合于春的精神。最能象征春的神意的，只有垂杨。

这是我昨天看了西湖边上的杨柳而一时兴起的感想。但我所赞美的不仅是西湖上的杨柳。在这几天的春光之下，乡村处处的杨柳都有这般可赞美的姿态。西湖似乎太高贵了，反而不适于栽植这种“贱”的垂杨呢。

廿四〔1935〕年三月四日于杭州

月亮儿躲在杨柳里

惜春[1]

不多天之前我在这里赞颂垂条的杨柳。现在柳条早已婆娑委地，杨花也已开始飘荡，春光将尽，我又来这里谈惜春的话了。

“惜春”这个题目何等风雅！古人的诗词里以此为题的不可胜计，今人也还在那里为此赋诗填词。绿肥红瘦，柳昏花冥，杜鹃啼血，流水飘红，再加上羁人，泪眼，伤心，断肠，离愁，酒病，……惜春这件事主客观两方面应有的雅词，已经被前人反复说尽，我已无可再说了。现在为什么取这个题目来作文呢？也不过应应时，在五月号的杂志里写一个及时的题目，

① 本篇原载1935年5月《中学生》第55号。

表面上好看些。这好比编小学教科书：秋季始业的，前几课讲月亮、蟋蟀、桂花、果实、农人割稻，以及双十节。后几课讲棉衣、火炉、做糕、落雪，以及贺年。春季始业的，前几课讲菜花、桃花、蝌蚪、种牛痘，以及总理忌辰，后几课讲杀苍蝇，灭蚊虫，吃瓜，乘凉，以及热天的卫生。似乎那些小学生个个是一年生的动物，在秋天不知有春，在春天不知有秋，所以非讲目前的情状不可的。我的读者不是小学生，其实不一定要讲目前的情状。但是随笔总得随我的笔，我的笔又总得随我的近感。我握笔为这杂志写这篇随笔的时候，但念不多天之前刚刚写了一篇赞颂初生的杨柳的文章，现在柳条早已婆娑委地，杨花也早已开始飘荡，觉得时光的过去真快得可惊！这其间一个多月的时光，我不知干了些什么？这一点近感便是我得这篇随笔的本意。题目不妨写作"惜时光"。但现在的时光是春天，也不妨写作"惜春"。

去年的春天，我曾在这杂志里谈过春天的冷暖不匀，晴雨无定，以及种种不舒服。故春去在我不觉得足惜。所可惜者，只是时光的一去不返，不可挽留。我们好比乘坐火车，自己似觉静静地坐着，不曾走动一步，车子却载了你在那里飞奔。不知不觉之间，时时刻刻在那里减短你的前程。我曾经立意要不花钱，一天到晚坐在屋里，果然一钱也不花。我曾经立意要不费力，一天到晚躺在床里，果然一些力也不费。我曾经立意要不费电，晚上不开电灯，果然一度电也不费。我也曾经立意要不费时间，躲在床角里不动，然而壁上的时辰钟“的格的格”地告诉我，时间管自在那里耗费。于是我想，做了人真像“骑虎之势”，无法退缩或停留，只有努力地惜时光，积极地向前奋斗，直到时间的大限的来到。

生活上的苦闷和不幸，有时能使人对于时光觉得不可惜而可嫌，盼望它快些过去的。然而这是例外。人生总希望快乐。快乐的时间总希望其不要过得太快。回忆自己的学生时代，最快乐的时间是假期。星期六、星期日和纪念日小快乐，春假、年假和暑假大快乐。这也是世间一件矛盾的怪事：平常出了钱总希望多得几分货，只有读书，出了学费只希望少上几天课。试看假期前晚的学生们的狂喜，似觉他们所希望的最好是只缴学费而永不上课。于此足见读书这件事不是平常的买卖。不然，这件事正像史蒂芬生〔斯蒂文生〕的《自杀俱乐部》中的青年的行为：一面缴了四十镑的会费而做自杀俱乐部会员，一面又在抽签时热望自己永不抽着当死的签。试看星期一早上躺在床上的学生的尴尬脸孔，或暑假开学前一天的学生的没精打采，似觉他们对于赴校上课这件事看得真同赴死一样可怕。其实原是他们自己来寻死的。

我幼时在暑假的前几天感觉非常欢喜，好像有期徒刑的囚犯将被开释似的。又怀抱着莫大的希望，忙里偷闲地打算假期中的生活，整理假期中所要看的书籍。我想象五六十天的假期，似觉时光非常悠长，有无数的事件好干，无数的书可读，有无数时光可以和弟弟共戏，还有无数的余闲可和邻家的小朋友玩耍。本学期中欠熟达的功课，满望在这悠长的假期中习得完全精通。平日所希望修习而无暇阅读的书籍，在假期前都特地买好，满望在这悠长的假期中完全读毕。还有在教科书里看到的种种科学玩意儿，在校因没有时间和工具而未曾试作的，也都挑选出来，抄写在笔记簿上，满望在悠长的假期中完全作成，和弟弟们畅快地玩耍。五六十天的假期，在我望去好像一只宽紧带结成的袋子，不拘多少东西，尽管装得进去。

放假的一天，我背了这只宽紧带结成的无形大袋子而欣然地回家。回到半年不见的家里，觉得样样新鲜，暂把这无形的大袋搁一搁再说。初到的几天因为路途风霜，当然完全休息。后来多时不见的姑母来作客了，母亲热诚地招待她，假期中的我当然奉陪，闲谈几天。后来姑母邀请我去作客，母亲说我年年出门求学，难得放假回家，至亲至眷应该去访问访问，我一去就是四五天乃至六七天。回家又应该休息几天。后来，天气太热，中了暑发些轻痧，竹榻上一困又是几天。病起又休息几天。本镇有戏文，当然去看几天。戏文场上遇见几位小学时代的同学，多时不见，留着款待几天。送往了同学，迎来了一年不见的二姐，姐丈，和外甥们，于是杀鸡置酒，大家欢聚半个月乃至二十天。二姐回家时带了我去，我这回作客一去又是四五天乃至六七天。回家当然又是休息几天。屈指一算，离暑假开学已经只有十来天了。横竖如此，这十来天索性闲玩过去吧。到了开学的前一天，我整理行装，看见于假前所记录着的一纸假期工作表，所准备着的一束假期应读的书，所选定着的假期中拟制之玩具的说明图，都照携回家时的原样放置在网篮里，搁置在书桌旁的两只长凳上，上面积着厚厚的一层灰尘。蹉跎的懊恼和乐尽的悲哀交混在我的心头，使我感到一种不可名状的不快。次日带了这种不快而辞家到校，重新开始那囚犯似的学校生活。

第二次假期前几天，我仍是那样地欢喜，再结起一只宽紧带的大袋子来，又把预定的假期工作多多益善地装进去，背了它欣然地回家。我的意思以为第一次没有经验，安排得不好，以致蹉跎过去；这回我定要好好地安排：客人不必多应酬，或竟不见；作客少住几天，或竟不去；戏不应该看，病不应该生。这样安排，一定有许多书好看，许多事可做。然而回到家里，不知怎样一来，又同第一次一样，这里几天，那里几天，距开学又只十来天了。于是再带了蹉跎的懊恼和乐尽的悲哀所混成的一种不可名状的不快而整理行装，离家到校。

这样的经验反复了数次，我方才悟到预期的不可靠与事实的无可奈何，于是停止这种如意算盘。青年人少不更事，往往向美丽的未来中打很大的如意算盘。他们以为假期有五六十天的悠长的日月，看薄薄的几册书，算什么呢？然而日子自己会很快地过去，而书的 page〔页〕不会自动地翻过。宽紧带的袋子看似可以无限地装得进去，但毕竟是硬装的，原来的容量其实很小。我经验了几次如意算盘的失败之后，才知道凡事须靠现在努力工作。现在工作一小时，得益一小时，工作二小时，得益二小时。与其费心于未来的预期，不如现在拿这点工夫来用功。以后每逢假期，我不再准备假期工作。遵守西洋格言 Work while work, play while play[①]的教训，我预备玩过一暑假。却不意在暑假中也看完了几部小说。开学时回顾，好像得了一笔意外的收入，格外愉快。

青年们在校时不用功，往往预期出校后自行补修；或者在就业后抽闲补习。他们打定了这个如意算盘之后，在校时索性不用功了。他们想：出校后岁月悠长，无拘无束；横竖要从头补修过！现在索性放弃吧。但是，据我所见，他们这预期往往同我的假期工作的预期同一运命，总是不会实践的。他们没有预计到出校后的种种烦忙，同我没有预计到假期回家后的种种应酬一样。职业，生计，恋爱，婚姻，子女，……种种人事拥挤在他们出校后的日月中，使他们没有工夫补修在校时未了的课业。试看社会上就业的成人们的学问知识，恐怕十人中有九人所有的只是青年时代在学校中所收得的一点。靠出校后自己补修而增进学识的，十人中不过一人而已。可知青年求学时代所获得的一

① 英国谚语，大意是：该玩时痛快地玩，该工作时专心工作。

点学识，是人生教养的基本。后来的见闻虽然也使你增进些知识，但只是枝叶，人生修养的基本只限于青年求学时代所得的一点。

我自己青年时代没有好好地受教育，年长后常感知识不全之苦。几何三角的问题我不会解，物理化学的公式我看不懂，专门科学的书我都读不下去。屡次希望补修，至今不能实践。古人云：“看来四十犹如此，便到百年已可知。”我离四十只有两年，大概此生不会有能解三角几何问题，能懂物理化学公式，能读专门科学书籍的日子了！人生倘有来世，我的来世倘能投人，投了人倘能记忆这篇文章，我定要好好地度送我的青年时代，多收得些学识，造成一个人生的巩固的基础。我此生中的青年已经过去，无法挽回，只有借了惜春的题目，在这里痛惜一下算了。假如这些话能给正在青年期的读者们一些警励，那便似以前在假期中看完了几部小说，好像得了一笔意外的收入，格外愉快。

廿四〔1935〕年四月八日为《中学生》作

假期中的家

放 生

一个温和晴爽的星期六下午，我与一青年君及两小孩①四人从里湖雇一叶西湖船，将穿过西湖，到对岸的白云庵去求签，为的是我的二姐为她的儿子择配，已把媒人拿来的八字②打听得满意，最后要请白云庵里的月下老人代为决定，特写信来嘱我去求签。这一天下午风和日暖，景色宜人，加之是星期六，人意格外安闲；况且为了喜事而去，倍觉欢欣。这真可谓天时地利人和三难合并，人生中是难得几度的！③

① 一青年君，是作者的学生鲍慧和；两小孩，是作者的女儿阿宝和软软。

② 八字，这里指媒人拿给男方的红帖子上用花甲子写的女子出生年、月、日，时，四干四支共八个字，故名。

③ 从“人意格外安闲……”至此，编入1957年版《缘缘堂随笔》时，作者曾作改动，现予恢复。

我们一路谈笑，唱歌，吃花生米，弄桨，不觉船已摇到湖的中心。但见一条狭狭的黑带远远地围绕着我们，此外上下四方都是碧蓝的天，和映着碧天的水。古人诗云："春水船如天上坐。"我觉得我们在形式上"如天上坐"，在感觉上又像进了另一世界。因为这里除了我们四人和舟子一人外，周围都是单纯的自然，不闻人声，不见人影。仅由我们五人构成一个单纯而和平、寂寥而清闲的小世界。这景象忽然引起我一种没来由的恐怖：我假想现在天上忽起狂风，水中忽涌巨浪，我们这小世界将被这大自然的暴力所吞灭。又假想我们的舟子是《水浒传》里的三阮之流，忽然放下桨，从船底抽出一把大刀来，把我们四人一一砍下水里去，让他一人独占了这世界。但我立刻感觉这种假想的没来由。天这样晴明，水这样平静，我们的舟子这样和善，况且白云庵的粉墙已像一张卡片大小地映入我们的望中了。我就停止妄想，[①]和同坐的青年

① 从"但我立刻感觉这种假想的没来由……"至此，编入1957年版《缘缘堂随笔》时作者有删改，现予恢复。

闲谈远景的看法，云的曲线的画法。坐在对方的两小孩也回转头去观察那些自然，各述自己所见的画意。

忽然，我们船旁的水里轰然一响，一件很大的东西从上而下，落入坐在我旁边的青年的怀里，而且在他怀里任情跳跃，忽而捶他的胸，忽而批他的颊，一息不停，使人一时不能辨别这是什么东西。在这一刹那间，我们四人大家停止了意识，入了不知所云的三昧境，因为那东西突如其来，大家全无预防，况且为从来所未有的经验，所以四人大家发呆了。这青年瞠目垂手而坐，不说不动，一任那大东西在他怀中大肆活动。他并不素抱不抵抗主义。今所以不动者，大概一则为了在这和平的环境中万万想不到需要抵抗；二则为了未知来者是谁及应否抵抗，所以暂时不动。我坐在他的身旁，最初疑心他发羊癫疯，忽然一人打起拳来；后来才知道有物在那里打他，但也不知为何物，一时无法营救。对方二小孩听得暴动的声音，始从自然美欣赏中转过头来，也惊惶得说不出话。[1]这奇怪的沉默持续了约三四秒钟，始被船尾上的舟子来打破，他喊道：

“捉牢，捉牢！放到后艄里来！”

这时候我们都已认明这闯入者是一条大鱼。自头至尾约有二尺多长。它若非有意来搭我们的船，大约是在湖底里躲得沉闷，也学一学跳高，不意跳入我们的船里的青年的怀中了。这青年认明是鱼之后，就本能地听从舟子的话，伸手捉牢它。但鱼身很大又很滑，再三擒拿，方始捉牢。滴滴的鱼血染遍了青年的两手和衣服，又溅到我的衣裾上。这青年尚未决定处置这俘虏的方法，两小孩看到血滴，一齐对他请愿：

“放生！放生！”

同时舟子停了桨，靠近他背后来，连叫：

“放到后艄里来！放到后艄里来！”

我听舟子的叫声，非常切实，似觉其口上带着些涎沫的。他虽然靠近这青年，而又叫得这般切实，但

① 这句话编入1957年版《缘缘堂随笔》时被作者删去。

其声音在这青年的听觉上似乎不及两小孩的请愿声的响亮，他两手一伸，把这条大鱼连血抛在西湖里了。它临去又作一小跳跃，尾巴露出水来向两小孩这方面一挥，就不知去向了。船舱里的四人大家欢喜地连叫："好啊！放生！"船艄里的舟子隔了数秒钟的沉默，才回到他的座位里重新打桨，也欢喜地叫："好啊！放生！"然而不再连叫。我在舟子的数秒钟的沉默中感到种种的不快。又在他的不再连叫之后觉得一种不自然的空气涨塞了我们的一叶扁舟。水天虽然这般空阔，似乎与我们的扁舟隔着玻璃，不能调剂其沉闷。是非之念充满了我的脑中。我不知道这样的鱼的所有权应该是属谁的。但想象这鱼倘然迟跳了数秒钟，跳进船艄里去，一定依照舟子的意见而被处置，今晚必为盘中之肴无疑。为鱼的生命着想，它这一跳是不幸中之幸。但为舟子着想，却是幸中之不幸。这鱼的价值可达一元左右，抵得两三次从里湖划到白云庵的劳力的代价。这不劳而获的幸运得而复失，在我们的舟子是难免一会儿懊恼的。于是我设法安慰他："这是跳龙门的鲤鱼，鲤鱼跳进你的船里，你——（我看看他，又改了口）你的儿子好做官了。”他立刻欢喜了，喀喀地笑着回答我说：“放生有福，先生们都发财！”接着又说：“我的儿子今年十八岁，在××衙门里当公差，××老爷很欢喜他呢。”“那么将来一定可以做官！那时你把这船丢了，去做老太爷！”船舱里和船艄里的人大家笑了。刚才涨塞在船里的沉闷的空气，都被笑声驱散了。船头在白云庵靠岸的时候，大家已把放生的事忘却。最后一小孩跨上了岸，回头对舟子喊道：“老太爷再会！”岸上的人和船里的人又都笑起来。我们一直笑到了月下老人的祠堂里。

我们在月下老人的签筒里摸了一张“何如？子曰，同也”的签，搭公共汽车回寓，天已经黑了。

廿四〔1935〕年三月二日于杭州

得其所哉

素食以后

我素食至今已七年了，一向若无其事，也不想说什么话。这会大醒法师来信，要我写一篇“素食以后”，我就写些。

我看世间素食的人可分两种，一种是主动的，一种是被动的。我的素食是主动的。其原因，我承受先父的遗习，除了幼时吃过些火腿以外，平生不知任何种鲜肉味，吃下鲜肉去要呕吐。三十岁上，羡慕佛教徒的生活，便连一切荤都不吃，并且戒酒。我的戒酒不及荤的自然：当时我每天喝两顿酒，每顿喝绍兴酒一斤以上。突然不喝，生活上缺少了一种兴味，颇觉异样。但因为有更大的意志的要求，戒酒后另添了种生活兴味，就是持戒的兴味。在未戒酒时，白天若得两顿酒，晚上便会欢喜满足地就寝；在戒酒之后，白天若得持两会戒，晚上也会欢喜满足地就寝。性质不同，其为兴味则一。但不久我的戒酒就同除荤一样地若无其事。我对于“绿蚁新醅酒，红泥小火炉。晚来天欲雪，能饮一杯无？”一类的诗忽然失却了切身的兴味。但在另一类的诗中也获得了另一种切身的兴味。这种兴味若何？一言难尽，大约是“无花无酒过清明”的野僧的萧然的兴味罢。

被动的素食，我看有三种：第一是一种营业僧的吃素。营业僧这个名词是我擅定的，就是指专为丧事人家诵经拜忏而每天赚大洋两角八分（或更多，或更少，不定）的工资的和尚。这种和尚有的是颠沛流离生活无着而做和尚的，有的是幼时被穷困的父母以三块钱（或更多，或更少，不定）一岁卖给寺里做和尚的。大都不是自动地出家，因之其素食也被动：平时在寺庙里竟公开地吃荤酒，到丧事人家做法事，勉强地吃素；有许多地方风俗，最后一餐，丧事人家也必给和尚们吃荤。第二种是特殊时期的吃素，例如父母死了，子女在头七[1]里吃素，孝思更重的在七七[2]里吃素。又如近来浙东大旱，各处断屠，在断屠期内，大家忍耐着吃素。虽有真为孝思所感而弃绝荤腥的人，或真心求上苍感应而虔诚斋戒的人，但多数是被动的。第三种，是穷人的吃素。穷人买米都成问题，有饭吃大事已定，遑论菜蔬？他们即有菜蔬，真个是“菜蔬”而已。现今乡村间这种人很多，出市，用三个铜板买一块红腐乳带回去，算是为全家办盛馔了。但他们何尝不想吃鱼肉？是穷困强迫他们的素食的。

世间自动的素食者少，被动的素食者多。而被动的原动力往往是灾祸或穷困。因此世间有一种人看素食一事是苦的，而看自动素食的人是异端的，神经病的，或竟是犯贱的，不合理的。

萧伯讷〔萧伯纳〕吃素，为他作传的赫理斯说他的作品中女性描写的失败是不吃肉的原故。我们非萧

① 头七，指人去世后每七天为一个祭日，第七天为头七。

② 七七，指人去世后七个祭日的最后一天，即第四十九天。

伯讷的人吃了素，也常常受人各种各样的反对和讥讽。低级的反对者，以为“吃长素”是迷信的老太婆的事，是消极的落伍的行为。较高级的反对者有两派，一是根据实利的，一是根据理论的。前者以为吃素营养不足，出门不便利。后者以为一滴水中有无数微生物，吃素的人都是掩耳盗铃；又以为动物的供食用合于天演淘汰之理，全世界人不食肉时禽兽将充斥世界为人祸害；而持杀戒者不杀害虫，尤为科学时代功利主义的信徒所反对。

对于低级的反对者，和对于实利说的反对者，我都感谢他们的好意，并设法为他说明素食和我的关系。唯有对于浅薄的功利主义的信徒的攻击似的反对我不屑置辩。逢到几个初出茅庐的新青年声势汹汹似的责问我“为什么不吃荤？”“为什么不杀害虫？”的时候，我也只有回答他说“不欢喜吃，所以不吃”“不做除虫委员，所以不杀”。功利主义的信徒，把人世的一切看作商业买卖。我的素食不是营商，便受他们反对。素食之理趣，对他们“不可说，不可说”[1]。其实我并不劝大家素食。《护生画集》中的画，不过是我素食后的感想的造形的表现，看不看由你，看了感动不感动更非我所计较。我虽不劝大家素食，我国素食的人近来似乎日渐多起来了。天灾人祸交作，城市的富人为大旱断屠而素食，乡村的穷民为无钱买肉而素食。从前三餐肥鲜的人现在只得吃青菜、豆腐了。从前“无肉不吃饭”的人现在几乎“无饭不吃肉”了。城乡各处盛行素食，“吾道不孤”，然而这不是我所盼望的！

廿三〔1934〕年观音诞〔农历二月十九日〕

① “不可说，不可说”，出自《普贤王菩萨行愿品》，意为只可意会，不可言传。

我今天吃素！

米叶艺术颂

一九三五年一月二十日，是近世大画家米叶〔米勒〕(Jean Francois Millet，1814—1875）六十周年忌辰。六十是花甲的数目。人生六十年称为“下寿”，其生日是特别可纪念的；人死六十年，其忌辰也应该是特别可纪念的。而画家米叶的六十周年忌辰，尤其值得纪念：因为他死后，他的作品才被世人所认识，一直被尊崇到今。“人生短，艺术长”，今年可说是米叶的艺术的“下寿”。大家来贺寿！

我劝大家来贺寿，须得把这位寿翁的德望叙述一下：有名的批评家罗曼罗浪〔罗曼·罗兰〕说：

“米叶的人格，是十九世〔纪〕的一个惊异。”

为的是米叶的绘画，在自来的欧洲画坛开辟一新纪元。不但别树一帜，自成一家，且提高了绘画的地位，使成为一种大众化的与人生密切关联的艺术。

在米叶以前，欧洲的画家所做的事，只是基督、圣母的想象，王侯、贵族的赞颂，娇女、裸妇的描写。换言之，画家的事业都是空想的，谄谀的，享乐的，颓废的。再换言之，画家都是支配者（教王、皇帝、富人）的佣工，为他们作装饰；或者迎合俗好，以画技讨俗众的欢喜。米叶生于这样的时代，却不与众画家同流，自管用他的画技来描写自己生活的环境，表现人生的悲欢。受人嘲骂也不管，绝粮也不管，终于坎坷一生，留下了不朽的作品而死去。

他是诺尔曼〔诺曼底〕（Norman）人。他的父亲是一位乡村的唱歌队长，略具艺术的天才，善雕塑，又能赏识自然美。他的祖母是一位虔敬的基督教信徒，持家谨严。这父亲的善巧的技能，和祖母的坚贞的精神，便是造成画圣米叶的两种主要成分。他是兄弟八人中的第二人。他的家境可说“贫困”。他幼时随村人种田，没有受完全的教育。但他的绘画的天才就在种田的期间发露。最初独倡的作品，是一幅半夜分面包图。图中描写一个人在严冬的半夜里起来把面包分送冻饿的人，题着《圣书》中的文句：

“我告诉你们，虽不因他是朋友起来给他，但因他情词切迫的直求，就必起来照他所需用的给他。”

以前的画家也都描写《圣书》中的题材。但他们所描的都是空想的天上的圣境，米叶所描的却是实际的地上的凡境。同时代的画家竞写宫廷的奢华的状态，裸女的娇艳的姿势；米叶所写的却是民间的朴陋的状态，劳动者的民间生活的姿态。千八百四十八年，法国革命起事，米叶加入劳工队中，就正式地描写劳工的生活。最初的大作，是：《簸的人》（*The Winnower*）。

继续作出的，便是现今世间有数百万复制品流行着的许多杰作。其中最有名的，是：《接木的农夫》（*Peasant Grafting a Tree*），《拾穗》（*The Gleaners*），《晚钟》（*Angelus*），《持锄的男子》（*The Man with the Hoe*），《初步》（*First Step*）等。这

初步　米勒 作

拾穗　米勒　作

里面，前四幅米叶中年时代的代表作，是全生涯中最精彩的作品。后一幅是衰老后的米叶的儿童生活描写的代表作。欧美的画坛，到这时候始渐认识米叶的“平凡的伟大”。但是他的身体已经衰老，他所患的眼疾已经很深。作《初步》后五年，他的人生就在屈辱的贫贱中长逝，同时他的艺术就在光荣的赞誉中永生。

要之，米叶的艺术的伟大，在于这两点：第一，是艺术的“大众化”，第二，是艺术的“生活化”。他描写民间的生活，他的画为一切民众所理解，因此客观性非常广大。他描写自己的贫困的环境，他的画与他的生活密切地相关联，因此富有人生的真味。广大的客观性，和人生的真味，是一切伟大艺术的必要的两个条件。同时代的宗教艺术和宫廷艺术，取媚一时，到今日早已翻进过去的深渊中。便是为了那宗教艺术为少数人的玩赏品，与时代和人生不相关切的原故。

乐圣裴德芬〔贝多芬〕(Beethoven) 患耳疾，画圣米叶患眼疾。聋和盲是音乐家和画家的致命的仇敌，但是它们终于不能阻碍伟大的艺术精神的发现。为境遇所困的有志的青年，在为米叶艺术祝寿的时候当知自勉。

1935年

纪念近世音乐的始祖罢哈[1]

今年三月二十一日是近世音乐的始祖罢哈(Johann Sebastian Bach，1685—1750)的二百五十周年诞辰。回想二百五十年前——即中国清康熙二十四年——的此日，这个大乐圣在德国地方呱呱坠地，打破中世音乐的岑寂，而发二百余年间洋洋盈耳的近世乐坛的先声，觉得这真是值得纪念的一天。

但我以前著述《世界大音乐家与名曲》(亚东版)及《近世十大音乐家》(开明版)都没有把罢哈及其作品收入在内。为的是这位乐祖生在两世纪以前，和我

① 罢哈现通译巴赫。

们相去较远；其作品亦与近世乐风相异；况且始祖终是草创时代的作家，其作品不及其功德的可以永远纪念。所以我列叙音乐家及其作品，都除外了这位始祖而从其次代的作家开始。虽然也觉得抱歉。

现在《中学生》杂志嘱我写纪念罢哈的文字，我正拟乘此机会把这乐祖的功德歌颂一番，以弥补上述的遗憾，亦以使正在中学校学习音乐的读者知道这位远在二百五十年前的音乐家对于他们的学习有着何等切身的恩惠。

罢哈是近世乐坛的基础的建设者。其建设的功业，普通称颂的有二：第一是使音乐摆脱宗教的桎梏，独立而为表现人生感情的艺术。盖罢哈以前，在音乐史上称为“中世宗教音乐时代”。那时所有的音乐都是赞美歌，祈祷曲之类的东西。那时只有寺院里有音乐，民间没有音乐，甚至禁奏音乐（例如俄国）。罢哈起来给音乐解放，使成为一般的艺术。第二，是提倡器乐演奏，使音乐的表现力增大。盖以前的宗教音乐时代，因为乐器不发达，所有的音乐都用人声（唱歌）表演。罢哈研究各种乐器的演奏法，管弦乐的组织法，和器乐曲的作曲法（他所完成的作曲法，就是对位法）。使音乐的音域增广，音色更复杂，曲趣更丰富。有了他这两种建设工作，近世乐坛方能蓬蓬勃勃地发展起来，造成今日的盛况。

上述的两种功业，对于非专门研究音乐的中学生不能说是切身的恩惠。因为他们只是唱唱现成的短简的歌，弹弹现成的浅易的曲，在音乐空气稀薄的中国社会里又难得接近音乐的演奏。虽然读者都能因上文而想象宗教音乐和世俗音乐的性状，声乐和器乐的区别，但恐有多数人所得的只是空洞的概念，与自己的音乐经验没有切身的关系。

现在我欲使读者大家知道这位乐祖所给我们的切身的恩惠，另把他在音乐上的两种具体的建设告诉你们：第一种是“十二平均律”的建设，第二种是弹琴指法的改进。

“十二平均律”在我国明朝时代（罢哈以前）早有朱载堉发明过。然而朱氏只有一番空空的理论，并未实施于音乐演奏。故我们现在日常唱歌弹琴时所用的十二平均律音阶 Do，Re，Mi，Fa，Sol，La，Si，Do，不是朱载堉的国货，却是罢哈的西洋货。

原来我们唱歌弹琴时所用的音阶，不是乐理所规定的，是罢哈等人为了演奏时转调的便利而改造的。这件事要源源本本地说明，须得引用音响学，很是麻烦。为欲避免枯燥，现在我只告诉你们：依乐理的规定，音阶上的八个音中，每两音间的距离的广狭分三种，即：

Do		Re		Mi		Fa		Sol		La		Si		Do
＼	／	＼	／	＼	／	＼	／	＼	／	＼	／	＼	／	
	大全音		小全音		半音		大全音		小全音		大全音		半音	

全音比半音大约广一倍。大全音比小全音广一些些，这一些些称为“孔马〔音差〕”（Comma）。

有了这“孔马”，音阶上要转调时非常困难。例如现在由 C 调转为 D 调，即要把 Re 字当作 Do 字，第一第二两个音的距离就不等，相差一个孔马。以下相差的更加复杂。因为这样，要造一个可以转调的键盘乐器（如风琴，钢琴）非常困难，或者不可能。结果同口琴一样，只得一乐器专奏一个调子。要转他调时必须换一个乐器。罢哈以前乐器不发达，这也是其一个重要的原因。

罢哈为求转调的便利，把这音阶从 Do 到 Do 的八音间平分为十二格，而实施于键盘乐器上。平分之法，把“孔马”取消，使音阶中只有全音和半音两种距离，使一个全音的距离等于两个半音的距离。这就是现在我们日常应用的音阶。图表如下：

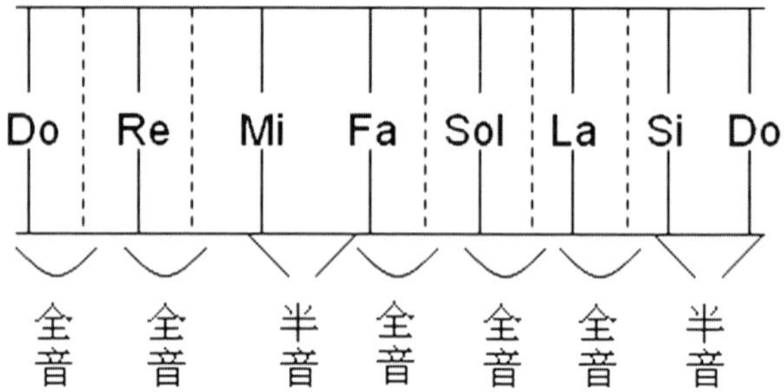

这样一来，键盘的制造就很简便。只要设七个白键，再在各全音间加入五个黑键，即可在这十二个键上自

由推移而转出十二个调子来。这十二个调子在西洋音乐上称为C调，升C调，D调，升D调，E调，F调，升F调，G调，升G调，A调，升A调，和B调。在中国音乐上相当于黄钟，大吕，太簇，夹钟，姑洗，仲钟，蕤宾，林钟，夷则，南吕，无射，应钟等十二律。宫，商，角，变徵，徵，羽，变宫等七音在这十二律上自由转调，叫做“十二律旋相为宫”。

平均律音阶（英名 tempered scale）在乐理上虽然不甚正确，但在音乐演奏上有多大的便利：器乐的勃兴，和声法的完成，作曲法的进步，皆是平均律音阶确立以后得来的发展。故东西洋音乐上不约而同地发明这律理：最早发明的是中国，其次是日本（元禄时代），最后发明的是西洋。但最早实施于演奏上的也是西洋。西洋的平均律不是罢哈一人所发明，其前曾有人研究过，同时在法国也有著名的和声学著者拉莫（Jean Philippe Rameau）为平均律作理论研究。但正式地实施于演奏上而广泛地应用于器乐上的，是罢哈。

罢哈的第二种建设是弹琴指法的改进。在罢哈的时代，已有键盘乐器，但其构造和奏法都很幼稚。风琴是宗教音乐伴奏的乐器，在当时早已应用。洋琴〔钢琴〕在当时尚未发育完成，罢哈所用的是洋琴的前身，名曰“克拉非哀尔〔键盘乐器，尤指钢琴〕”(klavier)。罢哈所作的四十八首前奏曲及遁走乐〔赋格曲〕，特称为《平均律克拉非哀尔曲〔平均律钢琴曲集〕》(*Das Wohltemperierte Klavier*)，便是“克拉非哀尔”上弹奏的乐曲。

但当时的键盘乐器的指法非常笨拙，据说是只用食指，中指，和小指三根手指。拇指和无名指是不用的。罢哈开始训练这两根手指，使五指都在键盘上活动。因此旋律的进行可以更加自由，和声的配合可以更加复杂。我们现在弹琴所用的指法，便是二百余年前罢哈所发明的。

现在我们用平均律音阶唱歌，用五指弹琴，觉得十分快适而自由。讲到饮水思源，我们不得不纪念这位二百五十年前诞生的乐祖。

我还得把罢哈的生涯在这里略述一下：

罢哈是德国一个大家族中的一人。这大家族始建于千五百年。始祖是制面包的，但其子孙都向音乐界中发展。自第二代至第七代——即本题所说的罢哈的儿子的一代——之间，一共出了六十位音乐家。就中本题所纪念的罢哈（通称大罢哈）当然是最大音乐家。他的儿子哀马纽尔·罢哈〔埃马努埃尔·巴赫〕(Emanuel Bach，通称小罢哈）也是音乐史上的名人，可排第二。此外的五十八位音乐家则名重一时，未留青史。这一家真可说是音乐"家"！

第五代有两个双生子，一个名叫昂不罗肖斯·罢哈（Johann Ambrosius Bach），一个名叫克理史托夫·罢哈（Johann Christoph Bach）。据说这两个人身材相貌完全一样，连他们的夫人都不能辨别。我们所纪念的大罢哈便是前者的第六个儿子。

大罢哈幼时参与严肃的宗教合唱队，又从他的父亲学习怀娥铃〔小提琴〕。十岁时父母俱亡。大罢哈跟阿哥学习音乐。这阿哥很吝啬，好的乐谱不肯借给大罢哈看。大罢哈每晚等阿哥出门了，私下爬进他房间中去偷出乐谱来抄写，偷了半年之久。

大罢哈十八岁天才卓著，就被召为宫廷乐师。后来改入寺院，长为寺院音乐的指导者。音阶的建设，对位法的完成，乐器演奏法的研究，都是这期间的事业。毕生的大作，除前述的四十八曲《平均律克拉非哀尔曲》外，著名的尚有三种:

《马太受难乐（马太受难曲）》（*St. Matthew Passion*）

《基督诞圣乐（圣诞清唱剧）》（*Christmas Oratorio*）

《B短调礼拜乐（B小调弥撒曲）》（*Mass in Bminor*）

大罢哈先后二娶，前妻生子女七人，后妻生子女十三人，家庭热闹而和乐。不过大罢哈于一七四八年患眼疾，经著名眼科医生两次手术，终于双目失明。千七百五十年七月十八日——即辞世前十日——的朝晨，大罢哈的两眼忽然张开，和地上的光明作最后的诀别。后十日，即七月二十八日夜八时，大罢哈大往生，享年六十有五岁。

廿三〔1934〕年二月五日，即废历元旦后一日写于石门湾

学画回忆[①]

假如有人探寻我儿时的事，为我作传记或讣启，可以为我说得极漂亮：“七岁入塾即擅长丹青。课余常摹古人笔意，写人物图，以为游戏。同塾年长诸生竞欲乞得其作品而珍藏之，甚至争夺殴打。师闻其事，命出画观之，不信，谓之曰：‘汝真能画，立为我作至圣先师孔子像！不成，当受罚。’某从容研墨伸纸，挥毫立就，神颖哗然。师弃戒足于地，叹曰：‘吾无以教汝矣！’遂装裱其画，悬诸塾中，命诸生朝夕礼拜焉。于是亲友竞乞其画像，所作无不维妙维肖。……”百年后的人读了这段记载，便会赞叹道：“七岁就有作

① 本篇原载1935年3月《良友》第103期。1957年版《缘缘堂随笔》中有改动，现按原样。

品，真是天才，神童！”

朋友来信要我写些关于儿时学画的回忆的话。我就根据上面的一段话写些吧。上面的话都是事实，不过欠详明些，宜解释之如下：

我七八岁时——到底是七岁或八岁，现在记不清楚了。但都可说，说得小了可说是照外国算法的；说得大了可说是照中国算法的。——入私塾，先读《三字经》，后来又读《千家诗》。《千家诗》每页上端有一幅木版画，记得第一幅画的是一只大象和一个人，在那里耕田，后来我知道这是二十四孝中的大舜耕田图。但当时并不知道画的是什么意思，只觉得看上端的画，比读下面的“云淡风轻近午天”有趣。我家开着染坊店，我向染匠司务讨些颜料来，溶化在小盅子里，用笔蘸了为书上的单色画着色，涂一只红象，一个蓝人，一片紫地，自以为得意。但那书的纸不是道林纸，而是很薄的中国纸，颜料涂在上面的纸上，会渗透下面好几层。我的颜料笔又吸得饱，透得更深。等得着好色，翻开书来一看，下面七八页上，都有一只红象、一个蓝人和一片紫地，好像用三色版套印的。

第二天上书的时候，父亲——就是我的先生——就骂，几乎要打手心；被母亲不知大姐劝住了，终于没有打。我抽抽咽咽地哭了一顿，把颜料盅子藏在扶梯底下了。晚上，等到先生——就是我的父亲——上鸦片馆去了，我再向扶梯底下取出颜料盅子，叫红英——管我的女仆——到店堂里去偷几张煤头纸来，就在扶梯底下的半桌上的“洋油手照”①底下描色彩画。画一个红人，一只蓝狗，一间紫房子……这些画的最初的鉴赏者，便是红英。后来母亲和诸姐也看到了，她们都说“好”；可是我没有给父亲看，防恐吃手心。这就叫作“七岁入塾即擅长丹青”。况且向染坊店里讨来的颜料不止丹和青呢！

后来，我在父亲晒书的时候找到了一部人物画谱，翻一翻，看见里面花样很多，便偷偷地取出了，藏在

① “洋油手照”，作者家乡话，意即火油灯。

自己的抽斗里。晚上，又偷偷地拿到扶梯底下的半桌上去给红英看。这回不想再在书上着色；却想照样描几幅看，但是一幅也描不像。亏得红英想工[①]好，教我向习字簿上撕下一张纸来，印着了描。记得最初印着描的是人物谱上的柳柳州像。当时第一次印描没有经验，笔上墨水吸得太饱，习字簿上的纸又太薄，结果描是描成了，但原本上渗透了墨水，弄得很龌龊，曾经受大姐的责骂。这本书至今还存在，最近我晒旧书时候还翻出这个弄龌龊了的柳柳州像来看：穿了很长的袍子，两臂高高地向左右伸起，仰起头作大笑状。但周身都是斑斓的墨点，便是我当日印上去的。回思我当日最初就印这幅画的原因，大概是为了他高举两臂作大笑状，好像我的父亲打呵欠的模样，所以特别有兴味吧。后来，我的“印画”的技术渐渐进步。大约十二三岁的时候（父亲已经弃世，我在另一私塾读书了），我已把这本人物谱统统

① 想工，作者家乡话，意即办法。

印全。所用的纸是雪白的连史纸，而且所印的画都着色。着色所用的颜料仍旧是染坊里的，但不复用原色。我自己会配出各种的间色来，在画上施以复杂华丽的色彩，同塾的学生看了都很欢喜，大家说“比原本上的好看得多”！而且大家问我讨画，拿去贴在灶间里，当作灶君菩萨，或者贴在床前，当作新年里买的“花纸儿”。所以说我“课余常摹古人笔意，写人物花鸟之图，以为游戏。同塾年长诸生竞欲乞得其作品而珍藏之”，也都有因；不过其事实是如此。

至于学生夺画相殴打，先生请我画至圣先师孔子像，悬诸塾中，命诸生晨夕礼拜，也都是确凿的事实，你听我说吧：那时候我们在私塾中弄画，同在现在社会里抽鸦片一样，是不敢公开的。我好像是一个土贩或私售灯吃的，同学们好像是上了瘾的鸦片鬼，大家在暗头里作勾当。先生坐在案桌上的时候，我们的画具和画都藏好，大家一摇一摆地读“幼学”书。等到下午，照例一个大块头来拖先生出去吃茶了，我们便拿出来弄画。我先一幅幅地印出来，然后一幅幅地涂颜料。同学们便像看病时向医生挂号一样，依次认定自己所欲得的画。得画的人对我有一种报酬，但不是稿费或润笔，而是种种玩意儿：金铃子一对连纸匣；挖空老菱壳一只，可以加上绳子去当作陀螺抽的；“云”字顺治铜钱一枚（有的顺治铜钱，后面有一个字，字共有二十种。我们儿时听大人说，积得了一套，用绳编成宝剑形状，挂在床上，夜间一切鬼都不敢来。但其中，好像是“云”字，最不易得；往往为缺少此一字而编不成宝剑。故这种铜钱在当时的我们之间是一种贵重的赠品），或者铜管子（就是当时炮船上新用的后膛枪子弹的壳）一个。有一次，两个同学为交换一张画，意见冲突，相打起来，被先生知道了。先生审问之下，知道相打的原因是为画；追求画的来源，知道是我所作，便厉喊我走过去。我料想是吃戒尺了，低着头不睬，但觉得手心里火热了。终于先生走过来了。我已吓得魂不附体；但他走到我的座位旁边，并不拉我的手，却问我“这画是不是你画的”？ 我回答一个“是”，预备吃戒尺了。他把我的身体拉开，抽开我的抽斗，搜查起来。我的画谱、颜料，以及印好而未着色的画，就都被他搜出，我以为这些东西全被没收了：结果不然，他但把画谱拿了去，坐在自己的椅子上一张一张地观赏起来。过了好一会，先生旋转头来叱一声“读”！大家朗朗地读“混沌初开，乾坤始奠……”这件案子便停顿了。我偷眼看先生，见他把画谱一张一张地翻下去，一直翻到底。放假[①]的时候我夹了书包走到他面前去作一揖，他换了一种与前不同的语气对我说：“这书明天给你。”

明天早上我到塾，先生翻出画谱中的孔子像，对我说：“你能看了样画一个大的吗？”我没有防到先生也会要我画起画来，有些“受宠若惊”的感觉，支吾地回答说“能”。其实我向来只是“印”，不能“放大”。这个“能”字是被先生的威严吓出来的。说出之后心头发一阵闷，好像一块大石头吞在肚里了。先生继续

① 放假，指放学。

说：“我去买张纸来，你给我放大了画一张，也要着色彩的。”我只得说“好”。同学们看见先生要我画画了，大家装出惊奇和羡慕的脸色，对着我看。我却带着一肚皮心事，直到放假。

放假时我夹了书包和先生交给我的一张纸回家，便去向大姐商量。大姐教我，用一张画方格子的纸，套在画谱的书页中间。画谱纸很薄，孔子像就有经纬格子范围着了。大姐又拿缝纫用的尺和粉线袋给我在先生交给我的大纸上弹了大方格子，然后向镜箱中取出她画眉毛用的柳条枝来，烧一烧焦，教我依方格子放大的画法。那时候我们家里还没有铅笔和三角板、米突〔米（metre）〕尺，我现在回想大姐所教我的画法，其聪明实在值得佩服。我依照她的指导，竟用柳条枝把一个孔子像的底稿描成了；同画谱上的完全一样，不过大得多，同我自己的身体差不多大。我伴着了热烈的兴味，用毛笔钩出线条；又用大盆子调了多量的颜料，着上色彩，一个鲜明华丽而伟大的孔子像就出现在纸上。店里的伙计，作坊里的司务，看见了这幅孔子像，大家说“出色”！还有几个老妈子，尤加热烈地称赞我的“聪明”和画的“齐整”①，并且说：“将来哥儿给我画个容像，死了挂在灵前，也沾些风光。”我在许多伙计、司务和老妈子的盛称声中，俨然地成了一个小画家。但听到老妈子要托我画容像，心中却有些儿着慌。我原来只会“依样画葫芦”的！全靠那格子放大的枪花②，把书上的小画改成为我的“大作”；又全靠那颜色的文饰，使书上的线描一变而为我的“丹青”。格子放大是大姐教我的，颜料是染匠司务给我的，归到我自己名下的工作，仍旧只有“依样画葫芦”。如今老妈子要我画容像，说“不会画”有伤体面；说“会画”将来如何兑现？且置之不答，先把画缴给先生去。先生看了点头。次日画就粘贴在堂名匾下的板壁上。学生们每天早上到塾，两手捧着书包向它拜一下；晚上散学，再向它拜一下。我也如此。

① “齐整”，作者家乡话，意即漂亮。

② 江南一带方言中有“掉枪花”的说法，意即“要手段”。

自从我的“大作”在塾中的堂前发表以后，同学们就给我一个绰号“画家”。每天来访先生的那个大块头看了画，点点头对先生说：“可以。”这时候学校初兴，先生忽然要把我们的私塾大加改良了。他买一架风琴来，自己先练习几天，然后教我们唱“男儿第一志气高，年纪不妨小”的歌。又请一个朋友来教我们学体操，我们都很高兴。有一天，先生呼我走过去，拿出一本书和一大块黄布来，和蔼地对我说：“你给我在黄布上画一条龙，”又翻开书来，继续说：“照这条龙一样。”原来这是体操时用的国旗。我接受了这命令，只得又去向大姐商量，再用老法子把龙放大，然后描线，涂色。但这回的颜料不是从染坊店里拿来，是由先生买来的铅粉、牛皮胶和红、黄、蓝各种颜色。我把牛皮胶煮溶了，加入铅粉，调制各种不透明的颜料，涂到黄布上，同西洋中世纪的 fresco〔壁画〕画法相似。龙旗画成了，就被高高地张在竹竿上，引导学生通过市镇，到野外去体操。我悔不在体操后偷把龙旗藏过了，好让我的传记里添两句：“其画龙点睛后忽不见，盖已乘云上天矣。”我的“画家”绰号自此更盛行；而老妈子的画像也催促得更紧了。

我再向大姐商量。她说二姐丈会画肖像，叫我到他家去“偷关子”。我到二姐丈家，果然看见他们有种种特别的画具：玻璃九宫格、擦笔、conte[①]、米突尺、三角板。我向二姐丈请教了些笔法，借了些画具，又借了一包照片来，作为练习的样本。因为那时我们家乡地方没有照相馆，我家里没有可用玻璃格子放大的四寸半身照片。回家以后，我每天一放学就埋头在擦笔照相画中。这原是为了老妈子的要求而“抱佛脚”的；可是她没有照相，只有一个人。我的玻璃格子不能罩到她的脸孔上去，没有办法给她画像。天下事有会巧妙地解决的。大姐在我借来的一包样本中选出某老妇人的一张照片来，说：“把这个人的下巴改尖些，就活像我们的老妈子了。”我依计而行，果然画了一幅八九分像的肖像画，外加在擦笔上面涂以漂亮的淡

① 即 crayon conte，木炭铅笔。

画窗涴壁谁忍嗔

彩：粉红色的肌肉，翠蓝色的上衣，花带镶边；耳朵上外加挂上一双金黄色的珠耳环。老妈子看见珠耳环，心花盛开，即使完全不像，也说“像”了。自此以后，亲戚家死了人我就有差使——画容像。活着的亲戚也拿一张小照来叫我放大，挂在厢房里；预备将来可现成地移挂在灵前。我十七岁出外求学，年假、暑假回家时还常常接受这种义务生意。直到我十九岁时，从先生学了木炭写生画，读了美术的论著，方才把此业抛弃。到现在，在故乡的几位老伯伯和老太太之间，我的擦笔肖像画家的名誉依旧健在；不过他们大都以为我近来“不肯”画了，不再来请教我。前年还有一位老太太把她的新死了的丈夫的四寸照片寄到我上海的寓所来，哀求地托我写照。此道我久已生疏，早已没有画具，况且又没有时间和兴味。但无法对她说明，就把照片送到霞飞路①的某照相馆里，托他们放大为廿四寸的，寄了去。后遂无问津者。

① 霞飞路，当时上海法租界的路名，今淮海中路。

假如我早得学木炭写生画，早得受美术论著的指导，我的学画不会走这条崎岖的小径。唉，可笑的回忆，可耻的回忆，写在这里，给世间学画的人作借镜吧。

一九三四年二月作

比 较

有一次我同了一位朋友和他的孩子一同乘火车。

朋友的孩子，今年照西洋说法十三岁半，照中国说法十五岁了。这种不大不小的人，乘火车最感困难。给他买半票，违背了铁路局的定章，被查问时，只得撒谎；给他买全票呢，其实这孩子并不比别的十一二岁的孩子高大，似乎太吃亏了。朋友就给他买半票。

他携着这大孩子走出轧票处，轧票的轧着半票时，看看这孩子，说："这孩子太大了！"但说过就算，我们也管自走了。到了火车中，孩子坐在他父亲身旁，我独自另坐一处。验票的验着半票，看看这孩子说："他下回要买全票啊！"查票人去后，我的朋友对我说，省得啰嗦，回去时给他买全票吧。我很赞成。

但回去时我们不知怎样一来，又给他买了半票。到了火车中方才想到。这回因为朋友手里提的东西太多，是我携着这孩子上车的。到了火车中，朋友因为要看守东西，独自坐在一处，他的孩子傍着我坐在另一处。回忆我携着他走出轧票处时，轧票的并没有说话。后来验票的来了，看看坐在我旁边的大孩子，也没有说话。下了车，又是我携着这孩子走，收票的，就是前次说“这孩子太大了”的轧票人，看看我携着的大孩子，也没有说话。

难道他们和我特别要好，就“马马虎虎”不索补票吗？不会的。出车站后我找寻这理由，苦思不得。这孩子却找寻出了，他说是他爸爸身体短小而我身体高大的原故。不错！原来他的父亲身躯短小精干，名为大人，其实比他儿子高得半个头，而且粗得很有限。前回他和这矮小的父亲携着走，并着坐，相形之下，便见“孩子太大”“下回要买全票啊”。这回他和我携着走，并着坐。我虽然并不魁梧奇伟，但是一个中等身材的人，穿的衣服又宽，看起来比他高大得多。相形之下，只见孩子很小，仅有买半票的资格了。

我确信了这理由之后，就像“回也闻一以知十”一般，推想到世间大小，高低，长短，厚薄，广狭，肥瘦，以至贫富，贵贱，苦乐，劳逸，美丑，贤愚，都不是绝对的，都是由“比较”而来的。而且“比较”之力伟大得极，一切人生的不满足也都是由于比较而生。今天比较之力使我们省进半张火车票的价钱，真不过是“小试其技”而已。怪不得，华租交界之处，华界的草棚傍着了租界的洋房看似格外低小，而租界的洋房傍着了华界的草棚看似格外高大。人行道上，中国人傍着了西洋人走路看似格外矮小；西洋人傍着了中国人走路看似格外高大。

这几天盛暑，我谈起了“比较”，便想到日本某画家的一套连环漫画。大意是这样：一，小资产阶级的青年夫妇二人到避暑的名胜地（譬如莫干山）找寻旅馆，因避暑人多，旅馆处处客满，夫妇二人手携皮箧和行杖，在途中彷徨，叹息：“唉！自己有别庄的人多么写意！像我们要临时找寻旅馆的，真是不便！”

二，都市里的公司的职员开着电风扇，在室内办公；从窗中望见这对青年夫妇相偕趁专车赴避暑地去，叹息着说:“唉！有闲避暑的人多么写意！像我们，被职务所羁，每天坐在这里看电风扇摇头，真是没趣！”三，公司对面烟纸店里的老板摇着芭蕉扇坐在柜内，望见公司里的职员开着电风扇办公，叹息着说:“唉！有电风扇的人多么写意！像我们，不绝地摇这把破蒲扇，手腕几乎摇脱，汗水还是直流，真是晦气！”四，马路上拉黄包车的经过烟纸店门前，望见老板坐在柜内挥扇，叹息着说:“唉！坐在屋里摇扇子多么舒服！像我们，拉了这辆车子在大毒日头底下跑路，真是苦恼！”五，黄包车夫经过打铁店门口，铁匠司务看见了，叹息着说:“唉！这几天在路上拉车子多么爽快！像我们，天天在煤炉旁边被烤，这才受罪！”

我又想了自己过去的经验：十余年来，我住过许多地方。从前有一次住在山间，日用物品须得隔夜预先开好单子，托工人一早赴十余里外的小市镇去购办。第一，香烟须得整批地买。否则半夜深山，香烟绝粮，呼天不应，叫地不答，最怕。第二，酒须得买整坛的。否则喝得不痛不痒，不如不喝。买的时候总说买整坛又便宜又好。但结果是多喝了，喝醉了，又浪费又难过。第三，菜蔬必须有储藏。否则风雪载途，工人不能上市之日，得吃白饭；况且“有酒无肴”，如此佳兴何？其他如小食，药品，书籍，文具等，举凡一切日常生活的必需品，件件都要预先想到，早日置备；临时要得到的，至多只有青山绿水，清风明月。但我不幸而有了热烈的兴趣，这种兴趣常受环境的阻挠。例如忽然想到吃水烟好，立刻要买皮丝烟。等到明天工人带到皮丝烟时，我的水烟兴趣早已过去了。又如偶从箱箧中检出一只铜香炉来，想起古人焚香默坐之趣，立刻要买线香来点。等到明天工人带到线香时，我的香炉已经不知放在什么地方了。有一个亲戚用一句故乡的俗语来形容我的脾气，叫做“话得讨饭好，连夜买只篮”。我自己颇承认，而且知道我平生的行事，大都是由“连夜买只篮”而开始的。那时候我住在山中，虽然以为清静也好，但当兴趣被阻挠的时候，不免羡慕市镇。我想，若得住在市镇里，要买什么，转瞬可以办到，岂不痛快。

后来我住在一个小镇上了。出门就是市场，只要有钱，这些商店里陈列着的无论什么东西，都有在五分钟或十分钟以内送到我手里的可能，以前住在山中时所感到的不满，一时都满足了。然而不久我又感到其他的不满：譬如夏天要些天然冰，没有办法；有了臭豆腐干要些辣酱油，没有办法；想到一本书立刻要买来读，没有办法。因为那小镇上没有冰厂，辣酱油，和专门的书店，那时候我又羡慕城市的生活。设想住在大城市中，这些要求都能立刻满足，多么痛快。

后来我又移居在一个较大的城市中了。那里有对小市镇的商店做批发生意的种种专门的商店，也有天然冰厂。以前住在小市镇上时所感的不满，一时都满足了。然而不久我又感到其他的不满：譬如想买些人造冰，没有办法，想吃餐功德林素菜，没有办法；想买一本洋版书，没有办法。因为那大城市中没有人造冰厂、素菜馆和洋版书店。那时我又羡慕上海。设想住在上海，这些东西都可立刻办到，多么痛快。

我后来果然住在上海。以前大城市中所感的不满，一时都满足了。然而不久我又感到其他的不满：要买 Schubert〔舒伯特〕的 *Hark, Hark, The Lark*.〔《听，听，云雀》〕的蓄音片〔唱片〕来听听，走到外国乐器店去问，说道须向外国去定购。要找一位 violin〔小提琴〕个人教授的教师，或研究会，没处去找。要买一瓶英国 Newton〔牛顿〕公司制的水彩颜料 vermilion〔朱砂〕，最大的文具店里的穿洋装的职员向我摇头。那时候我又羡慕外国的都市生活。设想住在外国，这些要求都可立刻办到，多么痛快。

后来我住在日本的东京。以前住在上海时所感到的不满，一时都满足了。然而不久我又感到其他的不满：要买一册 Lessing〔莱辛〕的名著 *Laocoon*〔拉奥孔〕，丸善书店也说要到西洋去定购。要买一个 palette〔调色板〕兼水筒的袖珍水彩画箱，跑遍了文房堂，竹久屋……都说 arimasen〔没有〕。要听俄罗斯国民乐派〔民族乐派〕的交响乐，东京的音乐会所演奏的偏偏是德法浪漫乐派的作品居多。那时候我又羡慕西洋都市的生活。设想若得住在伦敦或纽约等处，这等要求大概都可立刻达到，真是何等痛快！

后来我并没有到西洋去；但也并不急急想去。假如去了，我知道最初一定很满足，但不久一定又要感到其他的不满。因为科学的企图，艺术的理想，文明的要求，人生的欲望，在世间决没有完全实现的地方。人世间一切的满足都由于“比较”而来，一切的不满足也都由“比较”而生。最后我想起了李笠翁的话：

> 譬如夏月苦炎，明知为室庐卑小所致。偏向骄阳之下往来片时，然后步入室中。则觉暑气渐消，不似从前酷烈。若畏其湫溢而投宽处纳凉，及至归来，炎蒸又加了十倍矣。冬月苦冷，明知为墙垣单薄所致。故向风雪中行走一次，然后归庐返舍。则觉寒威顿减，不复凛冽如初。若避此荒凉而深居就燠，及其再入，战栗又作何状矣。由此类推，则所谓退步者，无地不有，无人不有。

拉奥孔及其二子

想至退步，乐境自生。在冬天行乐，必须设身处地，幻为路上行人，备受风雪之苦，然后回想在家。则无论寒燠晦明，皆有胜人百倍之乐矣。尝有画雪景山水，人持破伞，或策蹇驴，独行古道中，经过悬崖之下。石作狰狞之状，人有颠蹶之形者。此等险画，隆冬之月，正宜悬挂中堂。主人对之，即是御风障雪之屏，暖胃和衷之药。

在前面我“认真八分①”地举许多实例来说明“比较”之力，其实这道理早已被他用这“假痴假呆”的话来道破了。于是我不敢再啰嗦地叙述，末了但作如是想：

“谁谓荼苦”在“比较”之下“其甘如荠”。反转来说，“谁谓荠甘”在“比较”之下“其苦如荼”。人的生活，有了“等差”，便有“比较”，有了“比较”，便有“苦乐”，有了“苦乐”，便有“问题”。

廿三〔1934〕年八月九日

① 认真八分，作者家乡话，意即非常认真。

闲[1]

“闲”在过去时代是一个可爱的字眼；在现代变成了一个可恶的字眼。例如失业者的“赋闲”，不劳而食者的“有闲”，都被视为现代社会的病态。有闲被视为奢侈的，颓废的。但也有非奢侈，非颓废的有闲阶级，如儿童便是。

儿童，尤其是十岁以前的儿童，不论贫富，大都是有闲阶级者。他们不必自己谋生，自有大人供养他们。在入学，进店，看牛，或捉草[2]以前，除了忙睡觉，忙吃食以外，他们所有的都是闲工夫。到了入学，进店，看牛，或捉草的时候，虽然名为读书，学商或

① 本篇原载1935年1月20日《人间世》第20期。

② 捉草，作者家乡话，意即割草。

做工，其实工作极少而闲暇极多。试看幼稚园，小学校中的儿童，一日中埋头用功的时间有几何？试看商店的学徒，一日中忙着生意的时间有几何？试看田野中的牧童，一日中为牛羊而劳苦工作的时间有几何？除了读几遍书，做几件事，牵两次牛，捉几根草以外，他们在学校中，店铺里，田野间，都只是闲玩而已。

在饱尝了尘世的辛苦的中年以上的人，“闲”是最可盼的乐事。假如盼得到：即使要他们终生高卧空山上，或者独坐幽篁里，他们也极愿意。在有福的痴人，“闲”也是最可盼的乐事。假如盼得到，即使要他们吃饭便睡，睡醒便吃，终生同猪猡一样，在他们正是得其所哉。但在儿童，“闲”是一件最苦痛的事。因为“闲”就是“没事”。没事便静止，静止便没有兴味；而儿童是兴味最旺盛的一种人。

在长途的火车中，可以看见儿童与成人的态度的大异。成人大都安定地忍耐地坐着，静候目的地的到达，儿童便不肯安定，不能忍耐。他们不绝地要向窗外探望，要买东西吃；看厌吃饱之后，要嚷“为什么还不到”，甚至哭着喊“我要回家去了”，于是领着他们的成人便骂他们，打他们。讲老实话，成人们何尝欢喜坐长途火车？他们的感情中或许也在嚷着“为什么还不到？”也在哭着喊“我要回家去了！”只因重重的世智包裹着他们的感情，使这感情无从爆发出来。这仿佛一瓶未开盖的汽水，看似静静的，安定的；其实装着满肚皮的气，无从发泄！感情的长久的抑制，渐渐使成人失却热烈的兴味，变成“颓废”的状态。成人和儿童比较起来，个个多少是“颓废”的。

只有颓废者盼羡着“闲”；不颓废的人——儿童——见了“闲”都害怕。他们称这心情为“没心相”①。在兴味最旺盛的儿童，“没心相”似乎比“没饭吃”更加苦痛。为了“没心相”而啼哭，为了“没心相”而作种种的恶戏；因了啼哭和恶戏而受大人的骂和打，是儿童生活上常见的事。他们为欲避免“没心相”，不绝地活动，除了睡眠，及生病以外，孩子们

① “没心相”，作者家乡话，意即无聊。

极少有继续静止至半小时以上者。假如把一个不绝地追求生活兴味的活泼的孩子用绳子绑缚了，关闭在牢屋里，我想这孩子在“饿”死以前一定先已“没心相”死了。假如强迫这种孩子学习因是子静坐法，所得的效果一定相反。在儿童们看来，静坐法和禅定等，是成人们的自作之刑。而在有许多成人们看来，各种辛苦的游戏也是儿童们的犯贱的行为。有的老人躺在安乐椅中观看孩子们辛辛苦苦地奔走叫喊而游戏，会讥笑似的对他们说：“看你们何苦！ 静静儿坐一下子有什么不好？”倘有孩子在游戏中跌痛了，受伤了，这种老人便振振有词：“教你覅，你板要，难（现在）你好！”[①]其实儿童并不因此而懊悔游戏，同成人事业磨折并不懊悔做事业一样。儿童与成人分居着两个世界，而两方互相不理解的状态，到处可见。

儿童的游戏，犹之成人的事业。现世的成人与儿童，大家多苦痛：许多的成人为了失业而苦痛，许多

① 这是作者家乡的俗话。板要，意即一定要。

的儿童为了游戏不满足而苦痛。住在都会里的孩子可以享用儿童公园；有钱人家的孩子可以购买种种的玩具。但这些是少数的幸运的孩子。多数的住在乡村里的穷人家的孩子，都有游戏不满足的苦痛。他们的保护人要供给他们衣食，非常吃力；能养活他们几条小性命，已是尽责了。讲到玩具，游戏设备，在现今的乡村间真是过分的奢求了。孩子们像猪猡一般地被豢养在看惯的破屋里。大人们每天喂了他们三顿之外，什么都不管。春天，夏天，白昼特别长；儿童的百无聊赖的生活状态，看了真是可怜。无衣无食的苦是有形的，人皆知道其可怜；“没心相”的苦是无形的，没人知道，因此更觉可怜。人的生活，饱食暖衣而无事，远不如为衣为食而奔走的有兴味。人的生活大半是由兴味维持的；儿童的生活则完全以兴味为原动力。热中于赌博的成人，输了还是要赌。热中于游戏的儿童，常常忘餐废寝。于此可见人类对于兴味的要求，有时比衣食更加热烈。

在种种简单的游戏法中，更可窥见人对于“闲”

何等不耐，对于“兴味”何等渴慕。这种游戏法，大都不须设备，只要一只手一张嘴，随时随地都可开始游戏，而游戏的兴味并不简单。这显然是人为了兴味的要求，而费了许多苦心发明出来的。就吾乡所见，最普通的游戏是猜拳。只要一举手便可游戏，而且其游戏颇有兴味。这本来是侑酒的一种方法，但近来风行愈广，已变成一种赌博，或一种消闲游戏。工人们休息的时候，各人袋里摸出几个铜板来摆在地上，便在其上面开始拇战，胜的拿进铜板。年纪稍长的儿童们也会弄这玩意；他们摘三根草放在地上，便开始猜拳。赢一拳拿进一根，输一拳吐出一根。到了三根草归入了一人手中，这人得胜，便可拉过对方的手来打他十记手心。用自己的手来打别人的手，两人大家有些儿痛；但伴着兴味，痛也情愿了。

年幼的儿童也有一种猜拳的游戏法，叫做“呱呱啄蛀虫”。这方法更加简单，只要每人拿一根指头来一比，便见胜负。例如一人出大指，一人出食指。这局面叫做“老土地杀呱呱（即鸡）吃”。因为大指是代表老土地，食指是代表呱呱的。又如一人出中指，一人出无名指，这局面叫做“扁担打杀黄鼠狼”。因为中指是代表扁担，无名指是代表黄鼠狼的，又如一人出食指，一人出小指，这局面叫做“呱呱啄蛀虫”。因为小指是代表蛀虫的。这游戏法的名称即根据于此。其规则，每一指必有所克制的二指，同时又必有被克制的二指。即:“老土地杀呱呱吃”，“老土地踏杀蛀虫”。“呱呱啄蛀虫”，“呱呱飞过扁担”。“扁担打杀老土地”，“扁担赶掉黄鼠狼”。“黄鼠狼放个屁，臭杀老土地”，“黄鼠狼拖呱呱”。“蛀虫蛀断扁担”，“蛀虫蛀断黄鼠狼脚跟”。所以五个手指的势力相均等，无需选择；玩时只有任意出一根指，全视机缘而定胜否。像这几天的长夏，户外晒着炎阳，出去玩不得；屋内又老是这样，没有一点玩具。日长如小年，四五六七岁的孩子吃了三餐饭无所事事，其“没心相”之苦难言。幸而手是现成生在身上的，不必费钱去买。两人坐在门槛上伸出指头来比一比，兴味来了，欢笑声也来了。静寂的破屋子里忽然充满了生趣。

更有一种简单的猜拳玩法，流行于吾乡的幼儿间，手的形式只有三种，捏拳头表示“石头”，五指平伸表示“纸头”，伸食中二指表示“剪刀”。若一人出拳头，一人出食中二指，叫做“石头敲断剪刀”，前者赢。一共有三句口诀，其余的两句是“剪刀剪碎纸头”，“纸头包住石头”。这玩法另有一种形式：以手加额，表示“洋鬼子”，以手加口作摸须状，表示“大老爷”，以食指点鼻表示“乡下人”，玩时先由两人一齐拍手三下，然后各作一种手势。若一人以食指点鼻，一人以手加口，叫做“乡下人怕大老爷”，后者胜。其余两句口诀是“大老爷怕洋鬼子”，“洋鬼子怕乡下人”。乡下人就是农民，大老爷就是县长，洋鬼子当然就是外国人。这三句口诀似是前时代——《官场现形记》或《二十年目睹之怪现状》的时代——遗留下来的。但是儿童们至今只管沿用着。听说儿童是预言者，童谣能够左右天下大势。或许他们的话不会错，现在社会还这般，或者未来的社会要做到这般。

近来看见儿童间流行着一种很可笑的徒手游戏，

也是用五官为游戏工具的，但方法比前者巧妙。例如一人问：“眉毛在哪里？”另一人立刻伸手指着自己的鼻头答道：“耳朵在这里。”一人问：“眼睛在哪里？”另一人立刻伸手指着自己的耳朵答道：“嘴巴在这里。”……诸如此类，凡所指非所答，所答非所问的，才算不错。详言之，这游戏的规则，是须得所问，所指，所答，三者各不相关，方为得胜。若有关连，反而认为错误，算是输的。这游戏的滑稽味即在于此。顽皮的孩子，都会随机应变地作这种是非颠倒的玩意儿。正直的孩子玩时便常常要输，他们不能口是心非，不会假痴假呆，有时只学会了动作的虚伪：例如你问他“鼻头在哪里”，他便指着耳朵回答你说“鼻头在这里”，便是半错。有时只学会了言语的虚伪：例如你问他“眼睛在哪里”，他指着眼睛回答你说“耳朵在这里”。也是半错。最正直的孩子，一点也不会虚伪：你问他“耳朵在哪里”，他老老实实地指着耳朵回答你说“耳朵在这里”，那便是大错，而且大输了。我于此益信儿童是预言者，儿童的游戏有左右天下大势之力。现今的世间是非颠倒，已近于这游戏；未来的世间的是非也许可以完全同这游戏中的一样。

上述数种游戏都是用口和手指为工具。还有仅用手的动作的游戏与仅用口说话的游戏，更加简单。有一种互相打手心的游戏叫做“拍荞麦”。其法：二人相对同声拍手三下，作为拍子快慢的标准。第四下即由二人各出右手互相一拍。第五下各自拍手，第六下二人各出左手互相一拍，余例推。总之，其方法是自拍一下，交拍一下，相间而进行。“劈拍劈拍”之声继续响下去，没有限制。谁的手心拍得痛了，宣告罢休，便是谁输。大家怕输而好胜。就大家不惜手掌，拼命地互相殴打。直到手掌拍得红肿而麻木了，方始罢休。孩子们的被私塾先生或小学教师打手心，好像已经上了瘾，不被打是难过的。所以在放学之后，或假期之中，没得被先生打，必须自己互相打一会手心来过过瘾。而且这种瘾头，到他们年纪长大时恐怕也不会断绝。有许多大人们欢喜被虐待，不受人虐待时便难过。他们也常在自己找寻方法来过被虐待狂的瘾，不过不取拍荞麦的形式罢了。不用手而仅用口的游戏法，如唱歌、猜谜等皆是。然而唱歌需要练习，猜谜需要智力，在很小的孩子们嫌其程度太高。他们另有种种更简易的言语游戏法，像“夺三十”便是其一例。夺三十者，是两人竞夺一月的末日——三十日——的一种游戏。其法每人轮流说日子名目，以一日或两日为限。譬如甲儿说“初一初二”，乙儿便接上去说“初三”，甲儿再说“初四”，乙儿又说“初五初六”。总之，说一日或二日随便，但不能说三日或以上。说到后来，谁夺得“三十”，便是谁胜。大人们看来，在这游戏中得胜是很容易的，只要捉住三的倍数，最后的一日总是归你到手。换言之，开始说的人总是吃亏，他说一日，你接上两日去，他说两日，你接上一日去。这样，三的倍数常轮到你手里，“三十”总是被你夺得了。但是很小的孩子都不解这秘诀，两人都盲从地说下去，偶然夺到“三十”的孩子便自以为强。在旁看他们游戏的大人便觉得浅薄可笑。等到其中一人夺了“三十”而表示十分得意的时候，大人们插进去叫道“三十一！ 月底被我夺到了！”便表示十二分得意。“夺三十”原是旧历时代旧有的游戏法，以三十为月底最后一日。现在虽然用阳历为国历，但乡村的儿童还是沿用着旧有游戏法，不知道一月有三十一日。世间原有种种新时代的游戏；然都需要很复杂的设备，很高价的玩具，只有都市的富家子弟有福消受，乡村的小儿是享用不着的，穷乡僻处的儿童，从他们的老祖母那里学得些过去时代的极简单的徒口游戏法，也可聊解长闲的“没心相”了。

倘若不是徒手徒口而能得到一种极简单的物件，怕“闲”的人们便会想出更巧妙的种种游戏法来。譬如夏天，几个没心相的儿童会集在一块，而大家手中拿着折扇的时候，他们便会把折扇当作玩具的代用品。男孩子大都欢喜模仿卖艺者的手技，把折扇抛起来，叫它在空中翻几个筋斗，仍旧落到手中。这就可以比较胜负：例如定三十个筋斗为满额然后各人顺次轮流地抛扇子，计算筋斗的和数，先满三十者为胜。倘落地一次，以前所积的筋斗就全部作废，须得从新积受起来。这种玩法有江湖气和赌博气，女孩子就不甚欢喜弄。她们拿到扇子，自有一种较文雅的玩法，便是数扇骨。她们想出四个字，叫做“偷买拾送”。把扇骨一根一根地依照这四字数下去。数到末脚一根扇骨倘是“偷”字，便认定这扇子是偷来的，而和这扇的所有者相揶揄。余例推。有的人又加三个字，合成七字:“偷买拾送抢骗讨”，玩时花样更多。倘某人的扇子的骨数到“抢”字上完结，余人就都叫她“强盗！”

几个没心相的人倘会坐在桌旁，就可以利用桌子为玩具而作“拍七”的游戏。这是大人们也常弄的玩意儿。但年长的孩子们玩起来兴味更高。玩法：六七个人空手围坐在桌旁，其中一个人叫“一”，其邻席的人接着叫“二”，以下顺次周流地叫下去，轮到“七”却不准叫，须得用手在桌缘的上面拍一下，以代替叫。他拍过之后，以下的人接着叫“八”“九”…… 到了“十四”又不准叫，须得用手在桌缘的下面向上拍一下，以代替叫。即前者“七”称为“明七”，须在桌缘上面拍，后者十四称为暗七，须在桌缘下面拍。以后凡“十七”“廿七”等皆是明七，轮到的人皆须向桌缘上面拍，“廿一”，“廿八”，“卅五”等皆是暗七，轮到的人皆须向桌缘下面拍。倘然不小心，轮到明暗七时叫了一声，其人便输；大人们以此赌酒，孩子们以此赌手心。叫错拍错的人都得被打手心。但这玩法需要智力，没有学过算学的很小的孩子都不会玩，须得稍大的小学生方有玩的能力。且玩时叫的数目有限制，大概到七十为满。七十以上的暗七，为九九表所不载，大人们玩起来也觉太吃力了。曾经有位算学先生大奖励这个玩法，令儿童常常玩习。并且依此例推，添进“拍八”“拍九”等同类的玩法来教他们做，说这是可以补助算学功课的。但是说也奇怪，被他这样一提倡，孩子们反而不欢喜玩，当作一种功课而勉强地实行了。

孩子们没心相起来，虽在废墟中，也能利用瓦砖为玩具而开始游戏。他们拾七粒小砖瓦，向阶沿石上磨一磨光，做成七只棋子模样，便以阶沿石为游戏场而“投七”了。投七之法先由一人用右手将七粒砖头随意撒散在阶沿上，然后选取其中一粒，向上抛起，趁这空的机会，向下摸取另一粒砖头，然后回过手来，接取上面落下来的那一粒。手中就拿着两粒砖头了。再把其中一粒向上抛起，乘机向下摸取一粒，回过手来接了上面落下来的一粒，于是手中就拿着三粒砖头了。这样抛过六次之后，七粒砖头全都在手。以上算是一番辛苦的工作，以后便是收获了。但收获不是完全享乐，仍须得费些气力来背出斤数来。即将七粒砖头从手心里全都抛起，立刻翻转手背来接。接住几粒，便是收获几斤。孩子们的手背是凸起的，大都不会全部接住，四斤、五斤，已算是丰收了。一人收获之后，把七粒砖头交与第二人，由他照样工作且收获。游戏者二人、三人、四人都可。预先议定三十斤为满，则轮流玩下去，先满三十的便是得胜。但规则很严：在工作中，倘接不住落下来的粒子，或在取子时带动了旁的粒子，其工作就失败，须得半途停工，把工具让给别人；而且以前收获所积蓄的斤数全部“烂光”。烂光，就是“作废”的意思。倘然满额的斤数定得很高，—— 例如五十斤为满，一百斤为满，这玩的工作就非常严重。到了功亏一篑的时候，尤加紧张。一不小心，就要遭逢“前功尽去”的不幸。其工作法也有种种，如上所述，一粒一粒地摸进手里去，是最简易的一法。更进步的，叫做“幺二三”，就是第一次抛时摸取一粒。第二次抛时要摸取二粒，第三次抛时要摸取三粒。在这时候，撒子及撮子都要考虑。撒子时不可撒得太疏，亦不可撒得太密。太疏了，同时摸两粒三粒不易摸得到手；太密了，摸时容易带动旁的粒子。撮子时须考虑其余六子的位置，务使其余六子分作相当隔远的三堆，一粒作一堆，二粒作一堆，三粒作一堆，然后摸时可得便利。倘使撒得不巧，撮得不妥，玩这“幺二三”时摸子就容易失败。少摸一粒，多摸一粒，或带动了旁的粒子，就前功尽去了。所以孩子们玩时个个抖擞精神，个个汗流满面。一切的“没心相”全被这手技竞争的兴味所打消了。

近来大旱，河底向天，农人无处踏水，对秋收已经绝望，生活反而空闲了。孩子们本来只要相帮大人刈草，送饭，现在竟一无所事了。但春间收下来的蚕豆没有吃完，一时还不会饿死。在这坐以待毙的时期，笑也不成；哭也没用；只是这些悠长如小年的日子无法过去，"没心相"之苦真难禁受。就有种种简单的游戏发见在日暮途穷的乡村间。这好比囚徒已经被判死刑，而刑期未到。与其在牢中哭泣，倒不如大家寻些笑乐吧。都会里用自来水的人闻知乡间大旱，在其同

闲坐

情的想象中，大约以为农家的人一天到晚在那里号哭；或枕藉地在那里饿死了。其实不尽然，号哭的饿死的固然有，但闲着，笑着，玩着而待毙的也还不少。不过这种种玩笑乐实比号哭与饿死更加悲惨！

廿三〔1934〕年八月十五日

劳者自歌

百货公司的木器部中有一种放置茶具香烟具的架子，其构造：用木板雕成一个黑人的侧形，其人作立正姿势，平起两手，手中捧一小盘。这小盘就是预备给客厅里沙发上的人放置茶具或香烟的。先施、永安等百货公司中，都有这种木器陈列着。

我想用这家具时感觉上一定很不舒服。设想：我们闲坐在椅子上吸烟，吃茶，谈天；而教这个人形终日毕恭毕敬地捧着盘子鹄立在我们的旁边，伺候我们放置茶杯或烟蒂，感觉上难以为情。因为它虽然不是人，但具有人的形状，我们似乎很对他不起。

中国用具中的“汤婆子”“竹夫人”①，只具有人

① “竹夫人”，夏天睡觉时贴在身边、以求凉快的一种竹制品。

的名称，并不具有人的形状。这借用人的形状的木器，是西洋货，西洋封建时代的遗物。

一条河的两岸景象显然不同。

右岸多洋房，左岸多草棚。右岸的洋房中间虽然有几间小屋，也整洁得很。左岸的草棚中间虽然有几间平屋，也坍损得很。

右岸的街道是柏油路，平整清洁。左岸的街道是泥路，高低不平而龌龊。

右岸的人似乎个个衣冠楚楚，精神勃勃，连人们携着走的洋狗都趾高气扬。左岸的人似乎个个衣衫褴褛，精神萎靡，连钻来钻去的许多狗也都貌不惊人。河上有一爿桥。一个人堂堂地从右岸上桥，走过了桥，似乎忽然减杀了威风。

这条河在于沪西，河的右岸是租界，河的左岸是中国地界。

廿三〔1934〕年七月廿八日

俑

在杂志上发表大众美术的画，其实只给少数的知识阶级的人看看，大众是看不到的。大众看到的画，只有街头的广告画和新年里卖的“花纸”。广告画是诱他们去买物，不是诚意供他们欣赏的。专供大众欣赏的画只有“花纸”。

“花纸”就是旧历元旦市上摆摊，卖给大众带回家去，贴在壁上点缀新年的一种石印彩色画。所画的大概是旧戏，三百六十行，马浪荡，孟姜女，最近有淞沪战争等。有饭吃的农家，每逢新年，墙壁上总新添一两张“花纸”。农夫们酒后工余，都会对着“花纸”手指口讲，实行他们的美术的鉴赏。

可惜这种“花纸”的画，形式和内容都贫乏。这应该加以改良。提倡大众美术，应该走出杂志，到“花纸”上来提倡。

廿三〔1934〕年七月廿七日①

① 本则原载1934年9月1日《良友》第93期。

牵牛花这东西很贱，去年的种子落在花台里，花台曾经拆造过，泥曾经翻过；今年夏天它们依然会生出来，生了十几枝。

牵牛花这东西很会攀附。我在花台旁的墙壁上钉好几排竹钉，在竹钉上绊许多绳子。牵牛花的蔓就会缘着绳子攀附上去。攀附得很牢，而且很快。

牵牛花这东西很好高，一味想钻上去，不久超过最高一排竹钉之上。我在其上再加一排竹钉和绳。过了一夜，它又钻在这排竹钉之上了。加了几次，后来须得用梯爬上去加；但它仍是一味好高，似乎想超过墙顶，爬上天去才好。

这种花在日本被称为朝颜，它们只能在破晓辰光开一下；太阳一出，它们统统闭缩，低下头去，好像很难为情，无颜见太阳似的。

廿三〔1934〕年七月廿四日①

① 本则原载1934年9月1日《良友》第93期。

含笑向朝阳

农人都穷，出街上来只是看看，不买东西。商店大患之，便巧妙地陈列货物给他们看，诱他们买。饭店把鲜肥肉白鸡装了盘子，陈列在柜台的最外口，把油光和香气冲射农人的眼鼻，使他们流涎。广货店①把闪亮的橡皮套鞋，五彩的热水瓶，雪白的毛巾陈列在靠街的玻璃窗中，以牵惹行人的注目。又把簇新的阳伞张开了，挂在檐头，好像可以拿了柄子就走的。糖食店把大块的花生糖，透明的粽子糖，以及五色纸包的洋式糖，陈列在柜台外口的玻璃箱中，使人看了口角生津。身不带钱的农人看饱了一顿回村去。从当铺里出来的农人禁不住这种诱惑，把身边的钱用了再说。

这样，因为农人穷，不买东西，商店便用巧妙的广告术来诱惑他们。农人愈受诱惑，愈穷，将愈不买东西。商店势必用愈巧妙的广告术来诱惑他们。这结

① 在作者家乡一带，称百货商店为广货店。

果不堪设想。

廿三〔1934〕年八月十日[1]

坐在船里望去，前面是青青的草原，重重叠叠的树木。草原下衬着水波，树木上覆着青天，天空中疏疏地点缀着几朵白云。这般美景好像一幅天真烂漫的笑颜，欢迎着我的船。

过了一会，重叠的树木中间露出两个旗杆，和一角庙宇来。这些建筑的直线和周围的自然的曲线相照映，更完成了美好的构图。但这墙不是红墙，而是一道蓝墙；蓝墙上显出两个极粗大的图案文字“仁丹”，非常触目。以前欢迎我的笑颜，忽然敛容退却，让这两个字强硬地站出前面来招呼我。

这好像上海四马路[2]上卖春宫的，商务印书馆门前卖自来水笔的，又好像杭州的黄包车夫，突然拦住

① 本则原载1934年10月20日《人间世》第14期。

② 当时四马路上多妓院。

去路，硬要你买。我想叱一声“不要！”叫他走开。

廿三〔1934〕年八月十日于船中①

在画中要求自然物象，是人之常情。在画面讲究形色光线的美，是画的本职。偏重第一条件的是古代的宗教画，文人画，现代的广告画，宣传画。偏重第二条件的是立体派、构成派的画。前者不忠于画的本职，后者不合人之常情。

绘画是造型美术，应以画的本职为主。但同时又须近于人情，方为纯正的绘画，在过去的艺术中，印象派可说是纯正绘画的好例。因为它在自然物象中的选美的形色光线而描成绘画，不背人之常情，而又恪守造型美术的本职。

一般鉴赏者欢喜偏重第一条件的绘画，特殊鉴赏者欢喜偏重第二条件的绘画，纯正的美术爱好者欢

① 本则原载1934年10月20日《人间世》第14期。

喜纯正的绘画。无论“为艺术的艺术”“为人生的艺术”“象牙塔艺术”“普罗①艺术”，凡人世间的绘画，必以人之常情和画的本职为千古不变的两个根本条件。

廿三〔1934〕年七月廿九日

日本闲田子著《近世畸人传》是由名画家三熊思孝作插画的。日本美术论者称赞他关于孝女栗子的画。原文大意如此：栗子是日本甲斐国山梨郡一个人的妻子。事舅姑至孝。舅姑及夫皆死，遗一八岁亲生子，及一十二岁义子。一日，山水泛滥，田舍人畜尽没，水退，发现栗子尸骸手携八岁亲生子，背负十二岁义子，横死泥中。但三熊思孝的插画，不写横死泥中的光景，而写山水猝发，栗子负义子携新生子，被怒涛追逐而仓皇出奔的紧张的情景。论者说这画与文互相发挥，为插画中之上乘。

① 普罗，英文 proletarian（无产阶级的）译音的简化。

甲斐栗子　作

我觉得，画匠与画家的分别，用这段话来说明，最得要领。

廿三〔1934〕年八月四日[①]

古时称文人生涯为“笔耕”。今日称译著生活为“精神劳动”。我想，再详切一点，写稿可比方摇船。摇船先要规定方向和目的地。其次要认明路径的转折，不要走错路，也不要打远圈。打了远圈摇船的人吃力，坐船的人也心焦。方向、目的地，和路径都明白了，然后一橹一橹地摇去，后来工作自会完成。写稿的工作完全同摇船一样。

摇船的人有一句话“停船三里”：即中途停一停船要花费时间，好比多摇三里路。因为停的时候不能立刻停，要慢慢地停下来；停过之后再开也不能立刻驶行，要慢慢地驶行起来，这一起一倒颇费时间。写稿

① 本则原载1934年10月20日《人间世》第14期。

也可以说“答话三百”。即写稿时倘有人问你一句话，你要少写三百个字。因为答话时要搁住了文思而审听那人的问话，以便答复。答复过之后要重寻坠绪而发挥下去。这一起一倒也颇费时间。

廿三〔1934〕年七月二十二日

身体劳动的人疲倦时可教肢体完全不动，精神劳动的人疲倦时却不能教心思完全不想。故身体劳动可有完全的休息，而精神劳动除了酣睡以外没有完全的休息；衔着香烟闲坐的人方寸中忙着思维，携着手杖闲行的人脑筋里忙着筹算，不是常有的事情吗？

精神劳动的人要休息，除了酣睡以外，只有听音乐。音乐能使人心完全停止思维筹算，而入陶醉状态。心虽然也在这状态中活动，但这活动不是想而是感，感动之极，有时也会疲劳；但这疲劳伴着趣味，不觉苦痛。在精神劳动者，不伴苦痛的心的活动已算是他的休息了。

可惜中国目下少有了可供精神劳动当作休息的音

乐。其人倘患失眠症，或者被梦魔所扰，简直是四六时中不断地在那里劳动。

廿三〔1934〕年七月廿三夜

吾乡道士的营业有三项：一是为病人谢菩萨①；一是为死人诵经忏；一是为地方上打平安大醮。但近来这三项营业都衰落，道士生计困难。一则为了人都穷，对鬼神也怠慢起来；二则为了迷信渐被打破，有些人不相信鬼神了。有一个做道士的朋友告诉我，今年夏天，地方上例行的平安大醮恐怕也打不成。因为这平安忏是禳火灾的，今年向市上去收忏捐，有许多商店不肯出，说道“我们已经保火险，平安忏不要拜了”。

道士的生计，眼见得还要困难下去。平安忏已被火灾保险所打倒，将来谢菩萨和诵经忏也将为人寿保

① 谢菩萨，旧时作者家乡一带的一种民俗，又称拜三牲，即：买一个猪头，一条鱼，杀一只鸡，供起菩萨，请一个道士来拜祷，以求家中病人早日痊愈。

险所代替。但这仍旧是一种迷信，不过玉皇大帝换了财神菩萨。

廿三〔1934〕年七月廿八日

我家庭中有个葡萄棚，夏日绿荫满庭，棚前人物都染成青色。可是这葡萄藤因为是去年从别处移植过来的，那根被翻过一次，吸收养分的能力减弱，所以今年生的葡萄很少，而且不甜。

邻近的人家也有枝葡萄藤，生的葡萄很多，而且很甜。我们互相比较之下，邻家的老太太说，她除用肥之外，每当葡萄开花的时候，泡了大壶的糖汤，浇在花上，每天浇好几次，所以生出来的葡萄很甜。

我知道花不是吸收养分的器官。又知道即使用糖汤浇在根上，其结果不一定甜。但这位邻家的老太太始终自信她的栽培法的有效。旁人也都赞许。我似觉教育上也有类乎此的栽培法。

我已经吃好饭，放下碗筷；为听未吃好饭的人谈话，暂时仍坐在食桌旁的凳上。眼睛所注射的地下，有一群蚂蚁正在扛一粒饭。他们凑集在饭粒的周围，衔着了它合力移行，望一下去好像一朵会移动的白心黑瓣的菊花。

我一面听食桌上的人谈话，一面目送这朵菊花移行。移到地平砖缺一个角而作成一洼的地方，全部翻进洼里。那些蚂蚁有的留在洼边上没有跌下去；有的跟了饭粒跌下去，打几个滚，还是誓死咬住不放；有的被压在饭粒底下，挣扎了好一会方才钻出。它们忙乱了一会，依旧团聚起来，扛着饭粒在洼中移行。费了不少的努力，扛上斜坡，走出洼地，来到平地上。我替它们抽一口大气。

正在这时候，一只穿皮鞋的脚像飞来峰一般地落在这菊花上面，又立刻拖回去。我不由而惊喊一声。大家望桌子底下看时，只见地上画着一条黑色的湿痕。

廿三〔1934〕年七月廿四日

送阿宝出黄金时代

阿宝，我和你在世间相聚，至今已十四年了，在这五千多天内，我们差不多天天在一处，难得有分别的日子。我看着你呱呱堕地，嘤嘤学语，看你由吃奶改为吃饭，由匍匐学成跨步。你的变态微微地逐渐地展进，没有痕迹，使我全然不知不觉，以为你始终是我家的一个孩子，始终是我们这家庭里的一种点缀，始终可做我和你母亲的生活的慰安者。然而近年来，你态度行为的变化，渐渐证明其不然。你已在我们的不知不觉之间长成了一个少女，快将变为成人了。古人谓“父母之年不可不知也，一则以喜，一则以惧”。我现在反行了古人的话，在送你出黄金时代的时候，也觉得悲喜交集。

所喜者，近年来你的态度行为的变化，都是你将由孩子变成成人的表示。我的辛苦和你母亲的劬劳似乎有了成绩，私心庆慰。所悲者，你的黄金时代快要度尽，现实渐渐暴露，你将停止你的美丽的梦，而开始生活的奋斗了，我们仿佛丧失了一个从小依傍在身边的孩子，而另得了一个新交的知友。“乐莫乐兮新相知”，然而旧日天真烂漫的阿宝，从此永远不得再见了！

记得去春有一天，我拉了你的手在路上走。落花的风把一阵柳絮吹在你的头发上，脸孔上，和嘴唇上，使你好像冒了雪，生了白胡须。我笑着搂住了你的肩，用手帕为你拂拭。你也笑着，仰起了头依在我的身旁。这在我们原是极寻常的事：以前每天你吃过饭，是我同你洗脸的。然而路上的人向我们注视，对我们窃笑，其意思仿佛在说：“这样大的姑娘儿，还在路上教父亲搂住了拭脸孔！”我忽然看见你的身体似乎高大了，完全发育了，已由中性似的孩子变成十足的女性了。我忽然觉得，我与你之间似乎筑起一堵很高，很坚，很厚的无影的墙。你在我的怀抱中长起来，在我的提携中大起来；但从今以后，我和你将永远分居于两个世界了。一刹那间我心中感到深痛的悲哀。我怪怨你何不永远做一个孩子而定要长大起来，我怪怨人类中何必有男女之分。然而怪怨之后立刻破悲为笑。恍悟这不是当然的事，可喜的事么？

记得有一天，我从上海回来。你们兄弟姊妹照例拥在我身旁，等候我从提箱中取出“好东西”来分。我欣然地取出一束巧格力来，分给你们每人一包。你的弟妹们到手了这五色金银的巧格力，照例欢喜得大闹一场，雀跃地拿去尝新了。你受持了这赠品也表示欢喜，跟着弟妹们去了。然而过了几天，我偶然在楼窗中望下来，看见花台旁边，你拿着一包新开的巧格力，正在分给弟妹三人。他们各自争多嫌少，你忙着为他们均分。在一块缺角的巧格力上添了一张五色金银的包纸派给小妹妹了，方才三面公平。他们欢喜地吃糖了，你也欢喜地看他们吃。这使我觉得惊奇。吃巧格力，向来是我家儿童们的一大乐事。因为乡村里只有箬叶包的糖塌饼，草纸包的状元糕，没有这种五色金银的糖果；只有甜煞的粽子糖，咸煞的盐青果，没有这种异香异味的糖果。所以我每次到上海，一定要买些回来分给儿童，藉添家庭的乐趣。儿童们切望我回家的目的，大半就在这“好东西”上。你向来也是这“好东西”的切望者之一人。你曾经和弟妹们赌赛谁是最后吃完；你曾经把五色金银的锡纸积受起来制成华丽的手工品，使弟妹们艳羡。这回你怎么一想，肯把自己的一包藏起来，如数分给弟妹们吃呢？我看你为他们分均匀了之后表示非常的欢喜，同从前赌得了最后吃完时一样，不觉倚在楼上独笑起来。因为我忆起了你小时候的事：十来年之前，你是我家里的一个捣乱分子，每天为了要求的不满足而哭几场，挨母亲打几顿。你吃蛋只要吃蛋黄，不要吃蛋白，母亲偶然夹一筷蛋白在你的饭碗里，你便把饭粒和蛋白乱拨在桌子上，同时大喊“要黄！要黄！”你以为凡物较好者就叫做“黄”。所以有一次你要小椅子玩耍，母亲搬一个小凳子给你，你也大喊“要黄！要黄！”你要长竹竿玩，母亲拿一根“史的克”[①]给你，你也大喊“要黄！要黄！”你看不起那时候还只一二岁而不会活动的软软。吃东西时，把不好吃的东西留着给软软吃；讲故事时，把不幸的角色派给软软当。向母亲有所要求而不得允许的时候，你就高声地问：“当错软软么？当错软软么？”你的意思以为：软软这个人要不得，其要求可以不允许；而阿宝是一个重要不过的人，其要求岂有不允许之理？今所以不允许者，大概是当错了软软的原故。所以每次高声地提醒你母亲，务要她证明阿宝正身，允许一切要求而后已。这个一味“要黄”而专门欺侮弱小的捣乱分子，今天在那里牺牲自己的幸福来增殖弟妹们的幸福，使我看了觉得可笑，又觉得可悲。你往日的一切雄心和梦想已经宣告失败，开始在遏制自己的要求，忍耐自己的欲望，而谋他人的幸福了；你已将走出惟我独尊的黄金时代，开始在尝人类之爱的辛味了。

① 英文 stick 的译音，意即手杖。

记得去年有一天，我为了必要的事，将离家远行。在以前，每逢我出门了，你们一定不高兴，要阻住我，或者约我早归。在更早的以前，我出门须得瞒过你们。你弟弟后来寻我不着，须得哭几场。我回来了，倘预知时期，你们常到门口或半路上来迎候。我所描的那幅题曰《爸爸还不来》的画，便是以你和你的弟弟的等我归家为题材的。因为我在过去的十来年中，以你们为我的生活慰安者，天天晚上和你们谈故事，作游戏，吃东西，使你们都觉得家庭生活的温暖，少不来一个爸爸，所以不肯放我离家。去年这一天我要出门了，你的弟妹们照旧为我惜别，约我早归。我以为你也如此，正在约你何时回家和买些什么东西来，不意你却劝我早去，又劝我迟归，说你有种种玩意可以骗住弟妹们的阻止和盼待。原来你已在我和你母亲谈话中闻知了我此行有早去迟归的必要，决意为我分担生活的辛苦了。我此行感觉轻快，但又感觉悲哀。因为我家将少却了一个黄金时代的幸福儿。

以上原都是过去的事，但是常常切在我的心头，

爸爸还不来

使我不能忘却。现在，你已做中学生，不久就要完全脱离黄金时代而走向成人的世间去了。我觉得你此行比出嫁更重大。古人送女儿出嫁诗云：“幼为长所育，两别泣不休。对此结中肠，义往难复留。”你出黄金时代的“义往”，实比出嫁更“难复留”，我对此安得不“结中肠”？所以现在追述我的所感，写这篇文章来送你。你此后的去处，就是我这册画集里所描写的世间。我对于你此行很不放心。因为这好比把你从慈爱的父母身旁遣嫁到恶姑的家里去，正如前诗中说：“自小阙内训，事姑贻我忧。”事姑取甚样的态度，我难于代你决定。但希望你努力自爱，勿贻我忧而已。

约十年前，我曾作一册描写你们的黄金时代的画集（《子恺画集》）。其序文（《给我的孩子们》）中曾经有这样的话：“我的孩子们！我憧憬于你们的生活，每天不止一次！我想委曲地说出来，使你们自己晓得。可惜到你们懂得我的话的意思的时候，你们将不复是可以使我憧憬的人了。这是何等可悲哀的事啊！”“但是，你们的黄金时代有限，现实终于要暴露的。这是我经验过来的情形，也是大人们谁也经验过的情形。我眼看见儿时的伴侣中的英雄，好汉，一个个退缩，顺从，妥协，屈服起来，到像绵羊的地步。我自己也是如此。‘后之视今，亦犹今之视昔’，你们不久也要走这条路呢！”写这些话时的情景还历历在目，而现在你果然已经“懂得我的话”了！果然也要“走这条路”了！无常迅速，念此又安得不结中肠啊！

廿三〔1934〕年岁暮，选辑近作漫画，定名为《人间相》，付开明出版。选辑既竟，取十年前所刊《子恺画集》比较之，自觉画趣大意。读序文，不觉心情大异。遂写此篇，以为《人间相》辑后感。

云霓[1]

这是去年夏天的事。

两个月不下雨。太阳每天晒十五小时。寒暑表中的水银每天爬到百度[2]之上。河底处处向天。池塘成为洼地。野草变作黄色而矗立在灰白色的干土中。大热的苦闷和大旱的恐慌充塞了人间。

室内没有一处地方不热。坐凳子好像坐在铜火炉上。按桌子好像按着了烟囱。洋蜡烛从台上弯下来，弯成磁铁的形状，薄荷锭在桌子上放了一会，旋开来统统溶化而蒸发了。狗子伸着舌头伏在桌子底下喘息，人们各占住了一个门口而不息地挥扇。挥得手腕欲断，

① 本篇原载1935年5月3日《申报》。

② 百度，指华氏度。

汗水还是不绝地流。汗水虽多，饮水却成问题。远处挑来的要四角钱一担，倒在水缸里好像乳汁，近处挑来的也要十个铜板一担，沉淀起来的有小半担是泥。有钱买水的人家，大家省省地用水。洗过面的水留着洗衣服，洗过衣服的水留着洗裤。洗过裤的水再留着浇花。没有钱买水的人家，小脚的母亲和数岁的孩子带了桶到远处去扛。每天愁热愁水，还要愁未来的旱荒。迟耕的地方还没有种田，田土已硬得同石头一般。早耕的地方苗秧已长，但都变成枯草了。尽驱全村的男子踏水。先由大河踏进小河，再由小河踏进港汊，再由港汊踏进田里。但一日工作十五小时，人们所踏进来的水，不够一日照临十五小时太阳的蒸发。今天来个消息，西南角上的田禾全变黄色了；明天又来个消息，运河岸上的水车增至八百几十部了。人们相见时，最初徒唤奈何：“只管不下雨怎么办呢？”“天公竟把落雨这件事根本忘记了！”但后来得到一个结论，大家一见面就惶恐地相告：“再过十天不下雨，大荒年来了！”

此后的十天内，大家不暇愁热，眼巴巴的只望下雨。每天一早醒来，第一件事是问天气。然而天气只管是晴，晴，晴……一直晴了十天。第十天以后还是晴，晴，晴……晴到不计其数。有几个人绝望地说："即使现在马上下雨，已经来不及了。"然而多数人并不绝望：农人依旧拼命踏水，连黄发垂髫都出来参加。镇上的人依旧天天仰首看天，希望它即刻下雨，或者还有万一的补救。他们所以不绝望者，为的是十余日来东南角上天天挂着几朵云霓，它们忽浮忽沉，忽大忽小，忽明忽暗，忽聚忽散，向人们显示种种欲雨的现象，维持着他们的一线希望，有时它们升起来，大起来，黑起来，似乎义勇地向踏水的和看天的人说；"不要失望！我们带雨来了！"于是踏水的人增加了勇气，愈加拼命地踏，看天的人得着了希望，欣欣然有喜色而相与欢呼："落雨了！落雨了！"年老者摇着双手阻止他们："喊不得，喊不得，要吓退的啊。"不久那些云霓果然被吓退了，它们在炎阳之下渐渐地下去，少起来，淡起来，散开去，终于隐伏在地平线下，人们空欢喜了一场，依旧回进大热的苦闷和大旱的恐慌中，每天有一场空欢喜，但每天逃不出苦闷和恐怖。原来这些云霓只是挂着给人看看，空空地给人安慰和勉励而已。后来人们都看穿了，任它们五色灿烂地飘游在天空，只管低着头和热与旱奋斗，得过且过地度日子，不再上那些虚空的云霓的当了。

这是去年夏天的事。后来天终于下雨，但已无补于事，大荒年终于出现。现在，农人啖着糠粞，工人闲着工具，商人守着空柜，都在那里等候蚕熟和麦熟，不再回忆过去的旧事了。

我现在为什么在这里重提旧事呢？因为我在大旱时曾为这云霓描一幅画。现在从大旱以来所作画中选出民间生活描写的六十幅来，结集为一册书，把这幅《云霓》冠卷首，就名其书为《云霓》。这也不仅是模仿《关雎》《葛覃》，取首句作篇名而已，因为我觉得现代的民间，始终充塞着大热似的苦闷和大旱似的恐慌，而且也有几朵“云霓”始终挂在我们的眼前，时时用美好的形状来安慰我们，勉励我们，维持我们生活前途的一线希望，与去年夏天的状况无异。就记述这状况，当作该书的代序。

记述既毕，自己起了疑问：我这《云霓》能不空空地给人玩赏吗？能满足大旱时代的渴望吗？自己知道都不能。因为这里所描的云霓太小了，太少了。仅乎这几朵怎能沛然下雨呢？恐怕也只能空空地给人玩赏一下，然后任其消沉到地平线底下去的吧。

画集《云霓》（天马版）代序，廿四〔1935〕年三月十九日作

云霓

乘凉

都会之音[①]

都会常把物质文明所产生的精巧，玲珑，而便利的种种用品输送到乡村去，或显示给乡村看。这好像是都会对乡村的福音，其实却害苦了乡村的人！他们在粗陋、简朴、荒凉、寂寞的环境里受了这种进步的物品的诱惑，便热烈地憧憬于繁华的都会生活的幸福，而在相形之下愈觉自己这环境的荒寂与生活的不幸，然而不能插翅飞向都会去。这好比把胭脂、花粉、弓鞋、月棉投进无期徒刑的男牢里。

从前有一句俗语，形容局部与全体的关系的，叫做“拾得了苏州袜带儿”。意思是说：布衣草裳的乡

① 本篇原载1935年5月20日《太白》第2卷第5期。

下穷人拾了一只当时认为服装最时髦的苏州人的袜带儿，须得把原有的袜、鞋、裤、衣、帽，以至房子，老婆等统统换过，方才配用。不换过时，用了这袜带儿不配得可笑。现在都会把物质文明所产生的各种精巧，玲珑，而便利的用品输送到穷乡去，正同教乡下人拾得苏州袜带儿一样。若要使他们合用，须得把乡村全部改造；不改造时，其不配也可笑。

小小的一匣火柴，在乡村里，有时被显衬得异常精巧。因为那里还有火钵头的存在。烧饭时放些火灰在钵里，种两个柴头在里面，便可一天到晚有火，而不费一文。所以他们不得已时不擦火柴，买了一匣火柴可以用个把月。然而近来都会里输送过来的火柴，忽然匣子扁了，分量减少而价钱增贵了。这在都会人看来原是物品的进步，塞在洋装或摩登服装的袋里比前便利得多了；至于量少价贵，差一两个铜板有什么关系呢？然而乡下人想不通这个用意，享不到这种便利。不得已时，也只得买一匣扁火柴来和火钵头并列着。都会人对于扁火柴还不满足，又造出精巧玲珑的打火灯[1]来，也把它们输送到乡村去。有时打火灯也同火钵头会在一块，看了觉得好笑。又如香烟这种消耗品，近年来流行的普遍实在可惊。乡村里的老太太出街时，为了手头找不到水烟筒，有时也用拇指和食指撮住了一根香烟在扁嘴里吸，样子怪新奇。至于乡村的毛头小伙子，吸香烟已成了常事。

三个铜板买两支，把一支储藏在耳朵里，拿一支来吸。一时用脱三个铜板数目原也不大，然而连日累月地计算起来，香烟的用费比从前吸老烟贵到数倍，乡下人暗中被香烟的诱惑骗去不少的钱！在没有流行这种便利的烟草以前，乡下人出街时自带老烟筒，不带的也可以到店家去白吸几筒水烟。然而现在与前不同：身上有几个铜板的人出门就不带烟筒，店家也不再备烟请客。因为弄口，市梢，处处都有香烟的零售处了。原匣的香烟，里面有灿烂发光的锡纸包，五彩精印的画片，外面有精美华丽的纸匣儿。这些装潢都

① 打火灯，即打火机。

是在物质文明的都市里用进步的机器制出来的。然而放在土岸上芦扉棚下的茶摊上许多衣衫褴褛的人所围绕的板桌上，其不调和也很可笑。若拿这些吃茶人和画片上所绘的摩登女子比较起来，前者都好像是石器时代的原始人；不然，后者便好像是一种玩具。都会人当作果壳儿抛弃的香烟罐头，乡下老太太讨得了一个视同无价之宝，供在灶山上当茶叶瓶，令子孙世世代代地宝用下去。

小小一粒洋纽扣，在乡村里也难得妥当的地方可以安置。这是机器的产物，原为洋装的衬衫，“大英皮”①的皮鞋等服装而制造。一到乡村里，就被装在老布棉衣的襟上，三寸金莲的高高的脚山上。还有种种“摩登”的衣料，上面织着与都会里舞场上的环境相配的图案，也输送到穷乡僻壤里去推销。有时披在跪在城隍菩萨面前求签的女子身上，有时裹在扶着凤冠霞帔的新娘子上花轿的女傧相身上。这种地方有

① 大英皮，指英国产的皮。

时还有洋装人物出现，使人看了兴起时代错误之感。洋装的人在这种环境里真被怠慢：冬天，乡村的房子前后通风，不装火炉，在室内不脱帽子和大衣有乖洋风，脱了实在冷不可当。夏天，乡村里既无风扇，又无刨冰，更无冷气。重重叠叠的汗衫、衬衫，和上衣，外加枷锁链条一般的硬领和领带，穿了几天可以使人发痧。“大英皮”鞋走在尖角石子的路上要擦破皮，走在泥路上要滑交，脚趾儿非时时用劲不可。我推想他们在艰苦的时候一定会惦记起都会来：冬暖夏凉的洋房，开阔的水门汀，平整的柏油路，闪亮的漆地板，以及软软的地毯。也许他们自认为都会之人，不幸而暂时流落在这破陋的乡村里的；也许他们抱着大志，要改造全部乡村的环境来适应他们的服装，同换过全身衣服、房子，和老婆来配用苏州袜带儿一样。

饮食方面也有这种状态：汽水和各种洋式糖果近来也输送到乡下去。汽水的味道并不特别好，饮了不醉也不饱；不过据说是用蒸馏水制的，作为夏日的饮料大合卫生。卫生是“性命交关”的事，谁敢反对呢？然而据我所见，励行卫生大都不能彻底，实甚可惜。怕毒菌和微生虫的人，要把水煮得沸，要把菜蔬煮得熟。然而他们对于杯、碗、筷、瓢，以及厨子的用具和手，却不甚彻底调查其清洁与否。这种器具的清洁与否，不想则已，细想起来都是靠不住的。防接触传染的人，裹足不到疾病流行的地带去，绝对不到病人死人的家里去。然而他们出门坐电车时也用手吊住车门口的铜柱，旋开车箱的门，拉住车箱内的拉手。他们换兑及买物时也曾接受不知经过谁人的手的银洋、角子，和铜板，而且把它们宝藏在怀中。这种铜柱、门闩、拉手，和银洋、角子、铜板上面，有没有病菌停留着呢？天晓得！还有防空气传染的人，出门用套子把口鼻蒙住。然而他吃饭时能否也戴套子？他的家里能否自制一种空气，使与外界的大气完全隔绝？总之，励行卫生原可以减少传染的机会，但是很不彻底。而在乡村“马虎”尤甚。这蒸馏水制的汽水，原是注重卫生而又生活阔绰的都会人的饮料。他们能以蒸馏的汽水代茶喝，在卫生上总较好些；况且有钱没处用，乐得阔绰吧。然而这东西流行到乡村来，很不适当。并非说乡村的人都贱，不配饮汽水。实因与乡村生活的“马虎”习惯和环境不合。常见小市镇上狭狭的一条市河里，上流有人洗马桶，下流有人淘米，或者挑饮水。常见乡村人家的饭箩上，乌丛丛地盖着一层苍蝇。常见饭粒里夹着苍蝇的尸骸。而见者和吃者皆恬不为怪。度着这样“马虎”生活的人，其实无需乎出重价购饮蒸馏水的汽水。然而都会管自把汽水送到乡下来。那些汽水瓶儿亮晶晶地倒挂在乡村的糖果店门口，怪诱惑的。身上有二只角子的好奇者都要尝试一下看。开瓶时先吓坏了几个旁观者，然后用大拇指尽力抵住瓶口，总算饮了喷剩的大半瓶汽水。然而大拇指上的汗汁和龌龊也一并饮进在肚里了。洋式的糖果，听说曾在乡村间闹过笑话：曾有人把橡皮糖的渣滓吞下肚子里去，觉悟了这错误之后，他吃杏仁糖时舐尽了外面的糖衣，就把内藏的杏仁当作果核，吐在地上给狗子吃。都会的“吃客”在这点上可以骄人，笑指这乡村人为“猪头三”①。“吃客”和“猪头三”，都是时代错误的现世社会中的可笑的产物。

交通的发达，常把都会的面影更整块地显示给乡村人看，对他们作更强的诱惑。火车所穿过的地方，处处是矮屋茅棚集成的乡村。当电灯开得闪亮的特别夜快通车的头等车厢载了正在喷雪茄，吃大菜的洋裝阔客而通过这些乡村的时候，在乡村人看来正像一朵载着一群活神仙的彩云飞驰而过。由此想见都会真是天堂一般的地方！然而在他们是可望而不可即的。飞机轧轧地在乡村的天空中盘旋。有时司机人要装威风给乡下人看，故意飞得很低，几乎带倒了草棚的屋脊，吓得屋里的人逃出屋外来，屋外的人逃进屋里去。慢吞吞地荡着摆渡船的人举头望着风驰电掣的飞机，当作传说里的大鹏鸟看，不相信这是和他的摆渡船同类的一种交通用具。

最活跃地把都会之音输送到乡村来诱惑乡下人

① 猪头三，江南一带的骂人话，指不知好歹的蠢人。

的，莫如最近盛行的无线电收音机。不久以前，乡下的老太太听了留声机“唱洋戏”，曾经猜疑有小人躲在小箱里面吹唱。这个疑案尚未解决，现在又来了一种不须转动而自会吹弹歌唱的小箱子。以前的留声机所唱的，虽然乡下人都称为“洋戏”，其实就是乡间常演的“戏文”里的腔调，乡下人都会鉴赏。这不是都会专有之音，而是乡村原有之音，故对于环境总算是调和的。现在的收音机所发的音，就有许多与乡村很不调和的都会之音：油腔滑调的对白，都会风的弹唱，“像煞有介事”的演说，“肉麻连气”①的跳舞音乐，加之以各大马路各大商店的广告。娇滴滴的女声抑扬顿挫地说着：“诸位要做新式服装请到 × 马路 ×× 绸缎局。花样时新，价钱便宜，招待诚恳。公馆里只要打电话，立刻把花样送到，电话号码 ×××××，请注意。”“诸位要吃大菜，请到 × 马路 ×× 公司，物事精美，招待周到，座位幽雅，价钱相巧。”下面仰

① “肉麻连气”中的“连气”是作者家乡土话中的语助词，其意义介于“很”和“有点”之间。

都会之音

起了头听着的是一班鹑衣百结而面有菜色的农人，不过这菜色不是大菜之色。收音机不啻是专把都会繁华的幸福报告给穷屈的乡村人听的机器。

以上所说，自火柴以至收音机，都是物质文明对人类的贡献，都好像是都会给乡村的福音。然而乡村人从这些所受得什么呢？无他，只有惊异，诱惑，和可笑的不称。“乡下人拾得苏州袜带儿”，原是不用的，除非换过周身的衣服，造过房子，讨过老婆。现在中国无数的乡村，好比无数拾得了苏州袜带儿的乡下人，但他们都没有换过衣服，造过房子，讨过老婆，而被强迫用着这条时髦的袜带儿，因此演成了可笑的状态。

都会之音用了种种方式而传达到乡村去，使得乡村好像乡下人拾得了苏州袜带儿。乡村之音也可用种种方式传达到都会里去。但恐都会对他们好像苏州人拾得了乡下破草鞋，丢进垃圾桶里了。

画集《都会之音》（天马版）代序。

廿四〔1935〕年四月十二日作

谈自己的画[①]

去秋语堂[②]先生来信，嘱我写一篇《谈漫画》。我答允他定写，然而只管不写。为什么答允写呢？因为我是老描“漫画”的人，约十年前曾经自称我的画集为“子恺漫画”，在开明书店出版。近年来又不断地把“漫画”在各杂志和报纸上发表，惹起几位读者的评议。还有几位出版家，惯把“子恺漫画”四个字在广告中连写起来，把我的名字用作一种画的形容词；有时还把我夹在两个别的形容词中间，写作“色彩子恺新年漫画”（见开明书店本年一月号《中学生》广

① 本篇原载1935年2月20日和3月5日《人间世》第22、23期。编入1957年版《缘缘堂随笔》时作者有所删改，主要是删去了首二段。

② 语堂，指林语堂。

告）。这样，我和“漫画”的关系就好像很深。近年我被各杂志催稿，随便什么都谈，而独于这关系好像很深的“漫画”不谈，自己觉得没理由，而且也不愿意，所以我就答允他一定写稿。为什么又只管不写呢？因为我对于“漫画”这个名词的定义，实在没有弄清楚：说它是讽刺的画，不尽然；说它是速写画，又不尽然；说它是黑和白的画，有色彩的也未始不可称为“漫画”；说它是小幅的画，小幅的不一定都是“漫画”。…… 原来我的画称为漫画，不是我自己作主的，十年前我初描这种画的时候，《文学周报》编辑部的朋友们说要拿我的“漫画”去在该报发表。从此我才知我的画可以称为“漫画”，画集出版时我就遵用这名称，定名为“子恺漫画”。这好比我的先生（从前浙江第一师范的国文教师单不厂先生，现在已经逝世了）根据了我的单名“仁”而给我取号为“子恺”，我就一直遵用到今。我的朋友们或者也是有所根据而称我的画为“漫画”的，我就信受奉行了。但究竟我的画为什么称为“漫画”？ 可否称为“漫画”？ 自己一向不曾确知。自己的画的性状还不知道，怎么能够普遍地谈论一般的漫画呢？所以我答允了写稿之后，踌躇满胸，只管不写。

最近语堂先生又来信，要我履行前约，说不妨谈我自己的画。这好比大考时先生体恤学生抱佛脚之苦，特把题目范围缩小。现在我不可不缴卷了，就带着眼病写这篇稿子。

把日常生活的感兴用“漫画”描写出来 —— 换言之，把日常所见的可惊可喜可悲可哂之相，就用写字的毛笔草草地图写出来 —— 听人拿去印刷了给大家看，这事在我约有了十年的历史，仿佛是一种习惯了。中国人崇尚“不求人知”，西洋人也有“What's in your heart let no one know”①的话。我正同他们相反，专门画给人家看，自己却从未仔细回顾已发表的自己的画。偶然在别人处看到自己的画册，或者在报纸、杂志中翻到自己的插画，也好比在路旁的商

① 英文，意即：你心里想的，别让人知道。

店的样子窗中的大镜子里照见自己的面影，往往一瞥就走，不愿意细看。这是什么心理？很难自知。勉强平心静气观察自己，大概是为了太稔熟，太关切，表面上反而变疏远了的原故。中国人见了朋友或相识者都打招呼，表示互相亲爱，但见了自己的妻子，反而板起脸不搭白①，表示疏远的样子。我的不欢喜仔细回顾自己的画，大约也是出于这种奇妙的心理的吧？

但现在要我写这个题目，我非仔细回顾自己的画不可了。我找集从前出版的《子恺漫画》《子恺画集》等书来从头翻阅，又把近年来在各杂志和报纸上发表的画的副稿来逐幅细看，想看出自己的画的性状来，作为本题的材料。结果大失所望。我全然没有看到关于画的事，只是因了这一次的检阅，而把自己过去十年间的生活与心情切实地回味了一遍，心中起了一种不可名状的感慨，竟把画的一事完全忘却了。

① 搭白，作者家乡方言，意即搭腔。

因此我终于不能谈自己的画。一定要谈，我只能在这里谈谈自己的生活和心情的一面，拿来代替谈自己的画吧。

约十年前，我家住在上海。住的地方迁了好几处，但总无非是一楼一底的“弄堂房子”，至多添了一间过街楼。现在回想起来，上海这地方真是十分奇妙：看似那么忙乱的，住在那里却非常安闲，家庭这小天地可与忙乱的环境判然地隔离，而安闲地独立。我们住在乡间，邻人总是熟识的，有的比亲戚更亲切，白天门总是开着的，不断地有人进进出出；有了些事总是大家传说的，风俗习惯总是大家共通的。住在上海完全不然。邻人大都不相识，门镇日严扃着，别家死了人与你全不相干。故住在乡间看似安闲，其实非常忙乱；反之，住在上海看似忙乱，其实非常安闲。关了前门，锁了后门，便成一个自由独立的小天地。在这里面由你选取甚样风俗习惯的生活：宁波人尽管度宁波俗的生活，广东人尽管度广东俗的生活。我们是浙江石门湾人，住在上海也只管说石门湾的土白，吃石门湾式的饭菜，度石门湾式的生活，却与石门湾相去数百里。现在回想，这真是一种奇妙的生活！

除了出门以外，在家里所见的只是这个石门湾式的小天地。有时开出后门去换掉些头发（《子恺画集》六四页），有时从过街楼上挂下一只篮去买两只粽子（《子恺漫画》七〇页），有时从洋台眺望屋瓦间浮出来的纸鸢（《子恺漫画》六三页），知道春已来到上海。但在我们这个小天地中，看不出春的来到。有时几乎天天同样，辨不出今日和昨日。有时连日没有一个客人上门，我妻每天的公事，就是傍晚时光抱了瞻瞻，携了阿宝，到弄堂门口去等我回家（《子恺漫画》六九页）。两岁的瞻瞻坐在他母亲的臂上，口里唱着“爸爸还不来！爸爸还不来！”六岁的阿宝拉住了她娘的衣裾，在下面同他和唱。瞻瞻在马路上扰攘往来的人群中认到了带着一叠书和一包食物回家的我，突然欢呼舞蹈起来，几乎使他母亲的手臂撑不住。阿宝陪着他在下面跳舞，也几乎撕破了她母亲衣裾。他们的母亲呢，笑着喝骂他们。当这时候，我觉得自己立刻化

收头发

身为二人。其一人做了他们的父亲或丈夫，体验着小别重逢时的家庭团圆之乐，另一个人呢，远远地站了出来，从旁观察这一幕悲欢离合的活剧，看到一种可喜又可悲的世间相。

他们这样地欢迎我进去的，是上述的几与世间绝缘的小天地。这里是孩子们的天下。主宰这天下的，有三个角色，除了瞻瞻和阿宝之外，还有一个是四岁的软软，仿佛罗马的三头政治。日本人有 tototenka（父天下）、kakatenka（母天下）之名，我当时曾模仿他们，戏称我们这家庭为 tsetse-tenka（瞻瞻天下）。因为瞻瞻在这三人之中势力最盛，好比罗马三头政治中的领胄。我呢，名义上是他们的父亲，实际上是他们的臣仆；而我自己却以为是站在他们这政治舞台下面的观剧者。丧失了美丽的童年时代，送尽了蓬勃的青年时代，而初入黯淡的中年时代的我，在这群真率的儿童生活中梦见了自己过去的幸福，觅得了自己已失的童心。我企慕他们的生活天真，艳羡他们的世界广大。觉得孩子们都有大丈夫气，大人比起他们来，个个都虚伪卑怯，又觉得人世间各种伟大的事业，不是那种虚伪卑怯的大人们所能致，都是具有孩子们似的大丈夫气的人所建设的。

我翻到自己的画册，便把当时的情景历历地回忆起来。例如：他们跟了母亲到故乡的亲戚家去看结婚，回到上海的家里时也就结起婚来。他们派瞻瞻做新官人。亲戚家的新官人曾经来向我借一顶铜盆帽。(注：当时我乡结婚的男子，必须戴一顶铜盆帽，穿长衫马褂，好像是代替清朝时代的红缨帽子、外套的。我在上海日常戴用的呢帽，常常被故乡的乡亲借去当作结婚的大礼帽用。)瞻瞻这两岁的小新官人也借我的铜盆帽去戴上了。他们派软软做新娘子。亲戚家的新娘子用红帕子把头蒙住，他们也拿母亲的红包袱把软软的头蒙住了。一个戴着铜盆帽好像苍蝇戴豆壳，一个蒙住红包袱好像猢狲扮把戏，但两人都认真得很，面孔板板的，跨步缓缓的，活像那亲戚家的结婚式中的人物。宝姐姐说“我做媒人”，拉住了这一对小夫妇而教他们参天拜地，拜好了又送他们到用凳子搭成的洞房里（见《子恺画集》第三七页）。

我家没有一个好凳，不是断了脚的，就是擦了漆的。它们当凳子给我们坐的时候少，当游戏工具给孩子们用的时候多。在孩子们，这种工具的用处真真广大：请酒时可以当桌子用，搭棚棚时可以当墙壁用，做客人时可以当船用，开火车时可以当车站用。他们的身体比凳子高得有限，看他们搬来搬去非常吃力。有时汗流满面，有时被压在凳子底下。但他们好像为生活而拼命奋斗的劳动者，决不辞劳。汗流满面时可用一双泥污的小手来揩摸，被压在凳子底下时只要哭脱几声，就带着眼泪去工作。他们真可说是“快活的劳动者”（《子恺画集》三四页）。哭的一事，在孩子们有特殊的效用。大人们惯说“哭有什么用？”原是为了他们的世界狭窄的原故。在孩子们的广大世界里，哭真有意想不到的效力。譬如跌痛了，只要尽情一哭，比服凡拉蒙灵得多，能把痛完全忘却，依旧遨游于游戏的世界中。又如泥人跌破了，也只要放声一哭，就可把泥人完全忘却，而热中于别的玩具（《子恺画集》

买粽子

一六页）。又如花生米吃得不够，也只要号哭一下，便好像已经吃饱，可以起劲地去干别的工作了（《子恺漫画》六六页）。总之，他们干无论什么事都认真而专心，把身心全部的力量拿出来干。哭的时候用全力去哭，笑的时候用全力去笑，一切游戏都用全力去干。干一件事的时候，把除这以外的一切别的事统统忘却。一旦拿了笔写字，便把注意力全部集中在纸上（《子恺漫画》六八页）。纸放在桌上的水痕里也不管，衣袖带翻了墨水瓶也不管，衣裳角拖在火钵里燃烧了也不管。一旦知道同伴们有了有趣的游戏，冬晨睡在床里的会立刻从被窝钻出，穿了寝衣来参加，正在换衣服的会赤了膊来参加（《子恺漫画》九〇页）；正在洗浴的也会立刻离开浴盆，用湿淋淋的赤身去参加。被参加的团体中的人们对于这浪漫的参加者也恬不为怪，因为他们大家把全精神沉浸在游戏的兴味中，大家入了“忘我”的三昧境，更无余暇顾到实际生活上的事及世间的习惯了。

成人的世界，因为受实际的生活和世间的习惯的

宝姊姊做媒人

限制，所以非常狭小苦闷。孩子们的世界不受这种限制，因此非常广大自由。年纪愈小，其所见的世界愈大。我家的三头政治团中瞻瞻势力最大，便是为了他年纪最小，所处的世界最广大自由的原故。他见了天上的月亮，会认真地要求父母给他捉下来（《儿童漫画》），见了已死的小鸟，会认真地喊它活转来（《子恺画集》二八页），两把芭蕉扇可以认真地变成他的脚踏车（《子恺画集》一七页），一只藤椅子①可以认真地变成他的黄包车（《子恺画集》一八页），戴了铜盆帽会立刻认真地变成新官人，穿了爸爸的衣服会立刻认真地变成爸爸（《子恺漫画》九五页）。照他的热诚的欲望，屋里所有的东西应该都放在地上，任他玩弄，所有的小贩应该一天到晚集中在我家的门口，由他随时去买来吃弄，房子的屋顶应该统统除去，可以使他在家里随时望见月亮、鹞子和飞机，眠床里应该有泥土，种花草，养着蝴蝶与青蛙，可以让他一醒觉

① 在漫画中是一辆藤童车。

就在野外游戏（《子恺画集》二〇页）。看他那热诚的态度，以为这种要求绝非梦想或奢望，应该是人力所能办到的。他以为人的一切欲望应该都是可能的。所以不能达到目的的时候，便那样愤慨地号哭。拿破仑的字典里没有“难”字，我家当时的瞻瞻的词典里一定没有“不可能”之一词。

我企慕这种孩子们的生活的天真，艳羡这种孩子们的世界的广大。或者有人笑我故意向未练的孩子们的空想界中找求荒唐的乌托邦，以为逃避现实之所；但我也可笑他们的屈服于现实，忘却人类的本性。我想，假如人类没有这种孩子们的空想的欲望，世间一定不会有建筑、交通、医药、机械等种种抵抗自然的建设，恐怕人类到今日还在茹毛饮血呢。所以我当时的心，被儿童所占据了。我时时在儿童生活中获得感兴。玩味这种感兴，描写这种感兴，成了当时我的生活的习惯。

欢喜读与人生根本问题有关的书，欢喜谈与人生根本问题有关的话，可说是我的一种习性。我从小不欢喜科学而欢喜文艺。为的是我所见的科学书，所谈的大都是科学的枝末问题，离人生根本很远；而我所见的文艺书，即使最普通的《唐诗三百首》《白香词谱》等，也处处含有接触人生根本而耐人回味的字句。例如我读了“想得故园今夜月，几人相忆在江楼”，便会设身处地地做了思念故园的人，或江楼相忆者之一人，而无端地兴起离愁。又如读了“流光容易把人抛，红了樱桃，绿了芭蕉”，便会想起过去的许多的春花秋月，而无端地兴起惆怅。我看见世间的大人都为生活的琐屑事件所迷着，都忘记人生的根本，只有孩子们保住天真，独具慧眼，其言行多足供我欣赏者。八指头陀诗云：“吾爱童子身，莲花不染尘。骂之惟解笑，打亦不生嗔。对境心常定，逢人语自新。可慨年既长，物欲蔽天真。”我当时曾把这首诗用小刀刻在香烟嘴的边上。

这只香烟嘴一直跟随我，直到四五年前，有一天不见了。以后我不再刻这诗在什么地方。四五年来，我的家里同国里一样的多难：母亲病了很久，后来死了；自己也病了很久，后来没有死。这四五年间，我心中不觉得有什么东西占据着，在我的精神生活上好比一册书里的几页空白。现在，空白页已经翻厌，似乎想翻出些下文来才好。我仔细向自己的心头探索，觉得只有许多乱杂的东西忽隐忽现，却并没有一物强固地占据着。我想把这几页空白当作被开的几个大“天窗”，使下文仍旧继续前文，然而很难能。因为昔日的我家的儿童，已在这数年间不知不觉地变成了少年少女，行将变为大人。他们已不能像昔日的占据我的心了。我原非一定要拿自己的子女来作为儿童生活赞美的对象，但是他们由天真烂漫的儿童渐渐变成拘谨驯服的少年少女，在我眼前实证地显示了人生黄金时代的幻灭，我也无心再来赞美那昙花似的儿童世界了。

古人诗云：“去日儿童皆长大，昔年亲友半凋零。”这两句确切地写出了中年人的心境的虚空与寂寥。前天我翻阅自己的画册时，陈宝（就是阿宝，就是做媒人的宝姐姐）、宁馨（就是做新娘子的软软）、华瞻（就是做新官人的瞻瞻）都从学校放寒假回家，站在我身边同看。看到“瞻瞻新官人，软软新娘子，宝姐姐做媒人”的一幅，大家不自然起来。宁馨和华瞻脸上现出忸怩的笑，宝姐姐也表示决不肯再做媒人了。他们好比已经换了另一班人，不复是昔日的阿宝、软软和瞻瞻了。昔日我在上海的小家庭中所观察欣赏而描写的那群天真烂漫的孩子，现在早已不在人间了！他们现在都已疏远家庭，做了学校的学生。他们的生活都受着校规的约束，社会制度的限制，和世智的拘束；他们的世界不复像昔日那样广大自由，他们早已不做房子没有屋顶和眠床里种花草的梦了。他们已不复是“快活的劳动者”，正在为分数而劳动，为名誉而劳动，为知识而劳动，为生活而劳动了。

我的心早已失了占据者。我带了这虚空而寂寥的心，彷徨在十字街头，观看他们所转入的社会，我想象这里面的人，个个是从那天真烂漫、广大自由的儿童世界里转出来的。但这里没有“花生米不满足”的人，却有许多面包不满足的人。这里没有“快活的劳动者”，只见锁着眉头的引车者，无食无衣的耕织者，挑着重担的颁白者，挂着白须的行乞者。这里面没有像孩子世界里所闻的号啕的哭声，只有细弱的呻吟，吞声的呜咽，幽默的冷笑，和愤慨的沉默。这里面没有像孩子世界中所见的不屈不挠的大丈夫气，却充满了顺从，屈服，消沉，悲哀，和诈伪，险恶，卑怯的状态。我看到这种状态，又同昔日带了一叠书和一包食物回家，而在弄堂门口看见我妻提携了瞻瞻和阿宝等候着那时一样，自己立刻化身为二人。其一人做了这社会里的一分子，体验着现实生活的辛味；另一人远远地站出来，从旁观察这些状态，看到了可惊可喜可悲可哂的种种世间相。然而这情形和昔日不同：昔日的儿童生活相能“占据”我的心，能使我归顺它们，现在的世间相却只是常来“袭击”我这空虚寂寥的心，而不能占据，不能使我归顺。因此我的生活的册子中，至今还是继续着空白的页，不知道下文是什么。也许空白到底，亦未可知啊。

为了代替谈自己的画，我已把自己十年来的生活和心情的一面在这里谈过了。但这文章的题目不妨写作“谈自己的画”。因为：一则我的画与我的生活相关联，要谈画必须谈生活，谈生活就是谈画。二则我的画既不摹拟什么八大山人、七大山人的笔法，也不根据什么立体派、平面派的理论，只是像记帐般地用写字的笔来记录平日的感兴而已。因此关于画的本身，没有什么话可谈，要谈也只能谈谈作画时的因缘罢了。

廿四〔1935〕年二月四日

我的书:《芥子园画谱》[1]

“我的书”，这题目很广大。我虽非藏书家，大大小小，新新旧旧，也有四五橱的书，不知当从哪一册说起？先拣最漂亮一点的来说吧。假定价贵就是漂亮，先拣价最贵的来说吧。我所有的书中，价最贵的要算去年向有正书局买来的一部《芥子园画谱》。这部书共分三集，第一集四册，定价六元。第二集又四册，定价又六元。第三集也是四册，定价却是三十二元。全书一共定价四十四元。我托书店代买，照同行打九折，实出大洋三十九元六角。在我所有书中，这部要算最贵的了。次贵的书，其价不及此书之半。

① 本篇原载1935年4月1日《文学》第4卷第4号“我的书”专栏。

先谈我买这书的动机：我学画从西洋画法的石膏模型木炭写生入手，一向不曾要求画谱。以前看见别人拿出《芥子园》临摹，便鄙视他。一则为了有几个人所临摹的《芥子园》，是画摊上几只角子一部的油光纸的石印本。那本子不是照相落石的，是由人用手临摹而石印的。我虽不娴中国画，也能一望而知其失真。假如这种本子里的笔墨照原本打个对折，临摹的人所摹得的又打一个对折，这人所学得的实在无几。怪不得中国的画运要衰微了。我认为这些手摹石印本的《芥子园画谱》比低级趣味的书更为低级，是画匠所用的东西。二则，根本我认为学画须以自然为师，不必临摹古本。由临摹而得的画法，往往落套，譬如树的画法，桥的画法，亭的画法等，在他们心中已有了一定型。人的画法也如此，所以二十世纪的中国画家还在那里写纶巾、道袍、红袖、翠带的古装人物，形成“时代错误”的状态。故我以为学画不须学画谱，对于《芥子园》的存在根本地怀疑。因此，我一向鄙视《芥子园》。我所以肯买这册书，为的是有一天，我偶然看到一条兰的立幅的旁边的花盆架上供着一盆真的兰花。把实物与画对照地看了一会，觉得中国画的象征的表现法，真是奇妙：并不肖似实际的兰花，却能力强地表出兰花所有的特点。这有些儿近于漫画手法，比石膏模型写实的画法轻快得多。此后我对中国画渐渐地怀着好感。对《芥子园》的鄙视也渐渐消失了。偶然遇到这部书，我也仔细地翻阅。觉得这是一部中国画的教科书。分门别类，择要示范，虽非名家真迹，也可谓具体而微。可惜翻印的本子太坏，不免毫厘千里之差。因此我闻知有正书局有精印的本子发卖，就决心去买一部。我买它来非为临摹，只许阅读。古人称看画为“读画”，我没有这样神会默悟的观照工夫。现在所谓“阅读”，也只是说同读书一样翻翻而已。详言之，我预备拿这画谱中所描的东西来同实物对照，同从前对照兰花和其立幅一样。我想由此看出实物形态和书中形态的差异，因而探求中国画的表现方法的一般的规则。说“一般的规则”，似乎太科学的。主张气韵生动的中国画家看了，定要笑我太死板。但我也以为古代的画论太玄妙，中国画倘要继续它的血食，在某限度内也非受一下科学的洗礼不可。虽然我生活烦忙，立此志已有一二年而终于未有所得，但“理想是事实之母”，假我数年，五十以学中国画，也一定可以得到一个结果 —— 成功或失败。这是我买《芥子园》的动机。

我先买第二集，梅兰竹菊谱。因为一则我听某人说学中国画须从四君子入手，所以先买它。二则我觉得中国画谱中所载的大多数是古代社会的模样，古代人的衣服，古代的生活，与现世相去太远，无从找到实物来对照研究。四君子没有古装与今装，便于作上述的研究，所以我先看中它们。印刷果然比石印本高明得多。然而我终于没有工夫特地找梅兰竹菊来和画谱中的四君子对照研究。只是翻了三次 —— 真不过三次：初买来时翻了一次。后来别人借去看了几天，拿来还我时，又乘便翻了一次。最近想写这篇文章时又翻一次。不过有了这册之后，我每逢看着梅兰竹菊的时候，比以前要注意些。我想：“古人是看了这东西而想出那种画法来的。我也何妨来验一下这创作的心理看。”于是出神地看了几眼。虽然都是匆忙地，偶然地，终于没有发见什么“至理”，但有时也感到一种兴味。有兴味，总是有作用的原故。有作用，也许其作用近于那“至理”了。我常常拿这样的一念来自慰。然实际上终于未有所获得。只是在那序文中看了二句不能忘却的话。“康熙辛巳菊月雄州余椿题于秦淮”的梅菊谱序中，有这样的两句:

“诗文字画，皆为丰岁之珍，饥年之粟。”

我最初看到，想给他在“饥年”二字上面加一“非”字。后来一位朋友说我太浅薄了。他就代作者想出二种解释来:一者，饥的原因倘是自然力，例如水灾或火灾，这是天谴。古人有知天命而善于安贫乐道者。则诗文字画之道，可为他们的饥年之粟。二者，饥年的原因倘是人力，这是人祸。诗文字画倘能与时代社会相关，也可以替代饥民求粟的哭声，所以这句话也说得通。我想，其然，岂其然欤？究竟本意如何，只有回到康熙年间去问问作者才能知道。

后来我又听人说，学中国画宜从画石入手，就继续去买含有石谱的第一集。我想，西洋画以裸体女人为基本练习，中国画以石为基本练习，这对照非常奇妙。前者太柔而后者太刚，前者太活而后者太死，前者太有情，后者太无情了。但是我觉得也有两个共通点：一者都是自然物，二者都是形态复杂而变化无定的。人体多曲线，其形态有种种而变化无定，石多直线，其形态也有种种而变化无定。故西洋画笔法密致而中国画笔法疏朗。西洋画中描一株树也用肢体似的线条，中国画中描一个人也用石纹似的衣褶。我买了石谱之后，看见了石头似觉很有意思。那些崎岖的无名的形状，都能使我看出一些表情来，因而回想过去在各种的中国画中的所见，我觉得学中国画从石入手之说，比从四君子入手之说更为合理。理由这样：无名的形象（例如石），比有名的形象（例如四君子）宜作基本练习的题材。因为它无名，观察时可以屏弃一切先入观念而看到纯粹形象。西洋画的基本练习虽然是人体（石膏模型或莫特尔），但专门研究者常不画全体而画 torso，就是肢体的一部分。便是取其近于无名的纯粹形象而适于基本练习的原故。有些人看见画家描一个没头的人，或者没有肢体的一段胴部，或者仅描背部和臀部，拿到展览会里去出品，不免要笑他们，这杀头断腿的形状可怕之极，岂可当作画供人欣赏？不知在西洋画家自有其技术的苦心为根据。可见世间是非真难说的。未曾身入其境，不知此中甘苦，信口批评，有时不免冤枉。以前我之鄙视《芥子园》也是其一例。

后来我在病中听人说，《芥子园》三集出版了。我料想也是六块钱一部的；即使上下，相差总看得见。便写信给上海的友人，托他去买。想以此为病中的消闲品。不久书寄到，发票亦到，票上写着定价三十二元，九折实洋也要廿八元余。我最初觉得有些儿肉痛。打开书来一看，又有些儿失望，只有两本是画，余两本中一半是木版大字的画论，一半是花卉虫鸟的描法。早知如此，我不买这第三集了。然而已经买了，总要看出它一些好处来，方才可以自慰。翻了一遍，果然也发见些好处：这里有两本全是花卉翎毛的彩色画，而且是人工木版套印的。一幅上多至五六套颜色，而且每一色又有浓淡之不同。说这是人工印的，几乎不能使人相信。后来我听人说，才知道印的功夫的确很大，那些浓淡全靠用手在版子上做出来的。我没有看见过这种印刷工场，但凭想象，恐怕印一张所费功夫，同照样临摹一张相差不远。不过难得这样正确而敏捷的临手，所以还是用模子印。但这时对我真是出力不讨好。我平素不大欢喜看工笔细写的画。我以为与其看毛羽色泽完全逼真的翡翠鸟的画，不如到

动物园里去看看真的翡翠鸟；与其看花瓣一个不少而叶脉一丝不乱的月季花的画，不如到植物园里去看看真的月季花。结果这部芥子园第三集在我的书橱中价值最贵，而对我的感情最薄。我常常不理睬它。但也有欢喜这一路工笔的朋友见了，倾情地称赞它一番。“啊！印得真漂亮！”“完全同画一样！”“完全同真的一样！”“廿八块钱，足值足值！”到底价贵就是漂亮！它的漂亮能博得这样的赞誉，我也觉得“廿八块钱，足值，足值”了。

廿四〔1935〕年三月九日于自长安至石门湾的舟中

半篇莫干山游记[1]

前天晚上，我九点钟就寝后，好像有什么求之不得似的只管辗转反侧，不能入睡。到了十二点钟模样，我假定已经睡过一夜，现在天亮了，正式地披衣下床，到案头来续写一篇将了未了的文稿。写到二点半钟，文稿居然写完了，但觉非常疲劳。就再假定已经度过一天，现在天夜了，再卸衣就寝。躺下身子就酣睡。

次日早晨还在酣睡的时候，听得耳边有人对我说话：“Z先生[2]来了！Z先生来了！”是我姐的声音。我睡眼朦胧地跳起身来，披衣下楼，来迎接Z先生。Z先生说：“扰你清梦！”我说：“本来早已起身了。昨

① 本篇原载1935年6月1日《论语》第66期，署名：子恺。

② Z先生，即谢先生，指谢颂羔。

天写完一篇文章，写到了后半夜，所以起得迟了。失迎失迎！”下面就是寒暄。他是昨夜到杭州的，免得夜间敲门，昨晚宿在旅馆里。今晨一早来看我，约我同到莫干山去访L先生①。他知道我昨晚写完了一篇文稿，今天可以放心地玩，欢喜无量，兴高采烈地叫:“有缘！有缘！好像知道我今天要来的！”我也学他叫一遍:“有缘！有缘！好像知道你今天要来的！”

我们寒暄过，喝过茶，吃过粥，就预备出门。我提议:“你昨天到杭州已夜了。没有见过西湖，今天得先去望一望。”他说:“我是生长在杭州的，西湖看腻了。我们就到莫干山吧。”“但是，赴莫干山的汽车几点钟开，你知道吗？”“我不知道。横竖汽车站不远，我们撞去看。有缘，便搭了去；倘要下午开，我们再去玩西湖。”“也好，也好。”他提了带来的皮包，我空手，就出门了。

① L先生，即李先生，指李圆净。

黄包车拉我们到汽车站。我们望见站内一个待车人也没有，只有一个站员从窗里探头出来，向我们慌张地问："你们到哪里？"我说："到莫干山，几点钟有车？"他不等我说完，用手指着买票处乱叫："赶快买票，就要开了。"我望见里面的站门口，赴莫干山的车子已在咕噜咕噜地响了。我有些茫然：原来我以为这几天莫干山车子总是下午开的，现在不过来问钟点而已，所以空手出门，连速写簿都不曾携带。但现在真是"缘"了，岂可错过？我便买票，匆匆地拉了Z先生上车。上了车，车子就向绿野中驰去。

坐定后，我们相视而笑。我知道他的话要来了。果然，他又兴高采烈地叫："有缘！有缘！我们迟到一分钟就赶不上了！"我附和他："多吃半碗粥就赶不上了！多撒一场尿就赶不上了！有缘！有缘！"车子声比我们的说话声更响，使我们不好多谈"有缘"，只能相视而笑。

开驶了约半点钟，忽然车头上"嗤"地一声响，车子就在无边的绿野中间的一条黄沙路上停下了。司机叫一声“葛娘！”[①]跳下去看。乘客中有人低声地说：“毛病了！”司机和卖票人观察了车头之后，交互地连叫“葛娘！葛娘！”我们就知道车子的确有毛病了。许多乘客纷纷地起身下车，大家围集到车头边去看，同时问司机：“车子怎么了？”司机说：“车头底下的螺旋钉落脱了！”说着向车子后面的路上找了一会，然后负着手站在黄沙路旁，向绿野中眺望，样子像个“雅人”。乘客赶上去问他：“喂，究竟怎么了！车子还可以开否？”他回转头来，沉下了脸孔说：“开不动了！”乘客喧哗起来：“抛锚了！这怎么办呢？”有的人向四周的绿野环视一周，苦笑着叫：“今天要在这里便中饭了！”咕噜咕噜了一阵之后，有人把正在看风景的司机拉转来，用代表乘客的态度，向他正式质问善后办法：“喂！那么怎么办呢？你可不可以修好它？难道把我们放生了？”另一个人就去拉司机

① 葛娘，即“个娘”，江南一带的骂人话，相当于“妈的”。

旷野中的病车

的臂:“嗳! 你去修吧! 你去修吧! 总要给我们开走的。”但司机摇摇头,说:“螺旋钉落脱了,没有法子修的。等有来车时,托他们带信到厂里去派人来修吧。总不会叫你们来这里过夜的。”乘客们听见“过夜”两字,心知这抛锚非同小可,至少要耽搁几个钟头了,又是咕噜咕噜了一阵。然而司机只管向绿野看风景,他们也无可奈何他。于是大家懒洋洋地走散去。许多人一边踱,一边骂司机,用手指着他说:“他不会修的,他只会开开的,饭桶!”那“饭桶”最初由他们笑骂,后来远而避之,一步一步地走进路旁的绿荫中,或“矫首而遐观”,或“抚孤松而盘桓”,态度越悠闲了。

等着了回杭州的汽车,托他们带信到厂里,由厂里派机器司务来修,直到修好,重开,其间约有两小时之久。在这两小时间,荒郊的路上演出了恐怕是从来未有的热闹。各种服装的乘客——商人、工人、洋装客、摩登女郎、老太太、小孩、穿制服的学生、穿军装的兵,还有外国人,——在这抛了锚的公共汽车的四周低徊巡游,好像是各阶级派到民间来复兴农村的代表。最初大家站在车身旁边，好像群儿舍不得母亲似的。有的人把车头抚摩一下，叹一口气；有的人用脚在车轮上踢几下，骂它一声；有的人俯下身子来观察车头下面缺了螺旋钉的地方；又向别处检探，似乎想检出一个螺旋钉来，立刻配上，使它重新驶行。最好笑的是那个兵，他带着手枪雄赳赳地站在车旁，愤愤地骂，似乎想拔出手枪来强迫车子走路。然而他似乎知道手枪耍不过螺旋钉，终于没有拔出来，只是骂了几声“妈的”。那公共汽车老大不才地站在路边，任人骂它“葛娘”或“妈的”，只是默然。好像自知有罪，被人辱及娘或妈也只得忍受了。它的外形还是照旧，尖尖的头，矮矮的四脚，庞然的大肚皮，外加簇新的黄外套，样子神气活现。然而为了内部缺少了小指头大的一只螺旋钉，竟暴卒在荒野中的路旁，任人辱骂！

乘客们骂过一会之后，似乎悟到了骂死尸是没有用的，大家向四野走开去。有的赏风景，有的讲地势，有的从容地蹲在田间大便。一时间光景大变，似乎大家忘记了车子抛锚的事件，变成 picnic〔郊游〕的一群。我和 Z 先生原是来玩玩的，万事随缘，一向不觉得惘怅。我们望见两个时髦的都会之客走到路边的朴陋的茅屋边，映成强烈的对照，便也走到茅屋旁边去参观。Z 先生的话又来了："这也是缘！这也是缘！不然，我们哪得参观这些茅屋的机会呢？"他就同闲坐在茅屋门口的老妇人攀谈起来。

"你们这里有几份人家？"

"就是我们两家。"

"那么，你们出市很不便，到哪里去买东西呢？"

"出市要到两三里外的 ××。但是我们不大要买东西。乡下人有得吃些就算了。"

"这是什么树？"

"樱桃树，前年种的，今年已有果子吃了。你看，枝头上已经结了不少。"

我和 Z 先生就走过去观赏她家门前的樱桃树。看见青色的小粒子果然已经累累满枝了，大家赞叹起来。我只吃过红了的樱桃，不曾见过枝头上青青的樱桃。

都会之客

只知道“红了樱桃，绿了芭蕉”的颜色对照的鲜美，不知道樱桃是怎样红起来的。一个月后都市里绮窗下洋瓷盆里盛着的鲜丽的果品，想不到就是在这种荒村里茅屋前的枝头上由青青的小粒子守红来的。我又惦记起故乡缘缘堂来。前年我在堂前手植一株小樱桃树，去年夏天枝叶甚茂，却没有结子。今年此刻或许也有青青的小粒子缀在枝头上了。我无端地离去了缘缘堂来作杭州的寓公，觉得有些对它们不起。然而幸亏如此，缘缘堂和小樱桃现在能给我甘美的回忆。倘然一天到晚摆在我的眼前，恐怕不会给我这样的好感了。这是我的弱点，也是许多人共有的弱点。也许不是弱点，是人类习性之一，不在目前的状态比目前的状态可喜；或是美的条件之一，想象比现实更美。①我出神地对着樱桃树沉思，不知这一期间 Z 先生和那老妇人谈了些什么话。

原来他们已谈得同旧相识一般，那老妇人邀我们

① 从“然而幸亏如此……”至此，在1957年版《缘缘堂随笔》中被作者删去。

到她家去坐了。我们没有进去，但站在门口参观她的家。因为站在门口已可一目了然地看见她的家里，没有再进去的必要了。她家里一灶，一床，一桌，和几条长凳，还有些日用上少不得的零零碎碎的物件。一切公开，不大有隐藏的地方。衣裳穿在身上了，这里所有的都是吃和住所需要的最起码的设备，除此以外并无一件看看的或玩玩的东西。我对此又想起了自己的家里来。虽然我在杭州所租的是连家具的房子，打算暂住的，但和这老妇人的永远之家比较起来，设备复杂得不可言。我们要有写字桌，有椅子，有玻璃窗，有洋台，有电灯，有书，有文具，还要有壁上装饰的书画，真是太啰嗦了！近年来励行躬自薄而厚遇于人的Z先生看了这老妇人之家，也十分叹佩。因此我又想起了某人题行脚头陀图像的两句："一切非我有，放胆而走。"这老妇人之家究竟还"有"，所以还少不了这扇柴门，还不能放胆而走。只能使度着啰嗦的生活的我和Z先生看了十分叹佩而已。实际，我们的生活在中国总算是啰嗦的了。据我在故乡所见，农人、工人之家，除了衣食住的起码设备以外，极少有赘余的东西。我们一乡之中，这样的人家占大多数。我们一国之中，这样的乡镇又占大多数。我们是在大多数简陋生活的人中度着啰嗦生活的人；享用了这些啰嗦的供给的人，对于世间有什么相当的贡献呢？我们这国家的基础，还是建设在大多数简陋生活的工农上面的。

望见抛锚的汽车旁边又有人围集起来了，我们就辞了老妇人走到车旁。原来没有消息，只是乘客等得厌倦，回到车边来再骂脱几声，以解烦闷。有的人正在责问司机："为什么机器司务还不来？""你为什么不乘了他们的汽车到站头上去打电话？快得多哩！"但司机没有什么话回答，只是向那条漫漫的长路的杭州方面的一端盼望了一下。许多乘客大家时时向这方面盼望，正像大旱之望云霓。我也跟着众人向这条路上盼望了几下。那"青天漫漫覆长路"的印象，到现在还历历在目，可以画得出来。那时我们所盼望的是一架小车，载着一个精明干练的机器司务，带了一包螺旋钉和修理工具，从地平线上飞驰而来；立刻把病车修好，载了乘客重登前程。我们好比遭了难的船飘泊在大海中，渴望着救生船的来到。我觉得我们有些惭愧：同样是人，我们只能坐坐的，司机只能开开的。

久之，久之，彼方的地平线上涌出一黑点，渐渐地大起来。“来了！来了！”我们这里发出一阵愉快的叫声。然而开来的是一辆极漂亮的新式小汽车，飞也似的通过了我们这病车之旁而长逝。只留下些汽油气和香水气给我们闻闻。我们目送了这辆“油壁香车”之后，再回转头来盼望我们的黑点。久之，久之，地平线上果然又涌出了一个黑点。“这回一定是了！”有人这样叫，大家伸长了脖子翘盼。但是司机说“不是，是长兴班”。果然那黑点渐大起来，变成了黄点，又变成了一辆公共汽车而停在我们这病车的后面了。这是司机唤他们停的。他问他们有没有救我们的方法，可不可以先分载几十客人去。那车上的司机下车来给我们的病车诊察了一下，摇摇头上车去。许多客人想拥上这车去，然而车中满满的，没有一个空座位，都被拒绝出来。那卖票的把门一关，立刻开走。车中的人从玻璃窗内笑着回顾我们。我们呢，站在黄沙路边上蹙着眉头目送他们，莫得同车归，自己觉得怪可怜的。

后来终于盼到了我们的救星。来的是一辆破旧不堪的小篷车。里面走出一个浑身龌龊的人来。他穿着一套连裤的蓝布的工人服装，满身是油污，头戴一顶没有束带的灰色呢帽，脸色青白而处处涂着油污，望去与呢帽分别不出。脚上穿一双橡皮底的大皮鞋，手中提着一只荷包。他下了篷车，大踏步走向我们的病车头上来。大家让他路，表示起敬。又跟了他到车头前去看他显本领。他到车头前就把身体仰卧在地上，把头钻进车底下去。我在车边望去，看到的仿佛是汽车闯祸时的可怕的样子。过了一会他钻出来，立起身来，摇摇头说："没有这种螺旋钉。带来的都配不上。"乘客和司机都着起急来："怎么办呢？你为什么不多带几种来？"他又摇摇头说："这种螺旋厂里也没有，要定做的。"听见这话的人都慌张了。有几十人几乎哭得出来。然而机器司务忽然计上心来。他对司机说：

"用木头做！"司机哭丧着脸说："木头呢？刀呢？你又没带来。"机器司务向四野一望，断然地说道："同老百姓想法！"就放下手中的荷包，径奔向那两间茅屋。他借了一把厨刀和一根硬柴回来，就在车头旁边削起来。茅屋里的老妇人另拿一根硬柴走过来，说怕那根是空心的，用不得，所以再送一根来。机器司务削了几刀之后，果然发见他拿的一根是空心的，就改用了老妇人手里一根。这时候打了圈子监视着的乘客，似乎大家感谢机器司务和那老妇人。衣服丽都或身带手枪的乘客，在这时候只得求教于这个龌龊的工人；堂堂的杭州汽车厂，在这时候只得乞助于荒村中的老妇人；物质文明极盛的都市里开来的汽车，在这时候也要向这起码设备的茅屋里去借用工具。乘客靠司机，司机靠机器司务，机器司务终于靠老百姓。

机器司务用茅屋里的老妇人所供给的工具和材料，做成了一只代用的螺旋钉，装在我们的病车上，病果然被他治愈了。于是司机又高高地坐到他那主席的座位上，开起车来；乘客们也纷纷上车，各就原位，安居乐业，车子立刻向前驶行。这时候春风扑面，春光映目，大家得意洋洋地观赏前途的风景，不再想起那龌龊的机器司务和那茅屋里的老妇人了。

我同Z先生于下午安抵朋友L先生的家里，玩了数天回杭。本想写一篇“莫干山游记”，然而回想起来，觉得只有去时途中的一段可以记述，就在题目上加了“半篇”两字。

廿四〔1935〕年四月二十二日于杭州

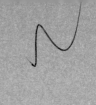